KB242549

사랑은 결국
타이밍

목차

초등학교 때 가훈이라는 것을 배웠습니다. 그날 집으로 달려가서 우리 가훈을 부모님께 물어봤습니다. 아빠는 이렇게 말했습니다. 하나는 가화만사성이고 하나는 거짓말하지 말자는 것이라고요. 지금 생각해 보면 두 번째 가훈은 우리 자매에게 아기자기한 겁을 주기 위해 덧붙인 것일지도 모릅니다.

그때부터 저는 늘 솔직한 딸이었습니다. 새벽에 화장실을 가다가 찌개에 든 고기만 빼 먹는다든지 용돈으로 불량 식품을 사 먹은 것을 말 못 한 날이나 요즘 잘 지낸다며 걱정을 덜어보려 했던 적은 있었지만요. 그걸 제외하고는 물어보지 않으시는 것까지도 말했습니다. 약속이었으니까요.

그러면서 배운 것은 신뢰였습니다. 사랑을 하면 기대를 무너뜨리기 싫은 것임을 깨닫고부터는 저는 어디에서든지 그러기 시작했습니다.

오래 동경하던 선배 작가의 진짜 모습을 보게 된 날, 집에 오는 길에 꺼이꺼이 울었습니다. 가사에 사랑이 넘쳐서 공연마다 찾아가던 음악인이 있었는데 어느 날의 뉴스를 보고 그 사람의 노래를 다시 들을 수 없어졌습니다.

사랑하던 것들의 진짜를 알게 되고 실망하면서 저는 더 크게 배웁니다. 진짜 사랑은 내 앞에 있든 없든 마음의 의리마저 지켜내는 일임을요.

글의 뒤편에서도 저는 따뜻하고 투명하게 살고 있습니다. 저자가 읽고 말하고 곱씹는 모든 기운이 독자에게 전해진다고 믿기 때문입니다. 그러니 절대 걱정 안 하셔도 됩니다.

-

소원을 빌 땐 늘 같습니다. 저와 제 가족의 행복과 건강 그리고 함께 있는 사림과 그의 가족 것까지 빈다는 겁니다.

이번 책을 쓰며 달에도 새순에도 금붕어에게도 겨울 창에 낀 서리에도 딸기 케이크에도 봄바람에도 소원을 빌었어요.

우리와 우리의 가족이 건강하고 행복하기를 바랍니다. 제 진심을 믿어 주실래요.

<사랑은 결국 타이밍>이라는 이름을 붙여두고 작업하면서 오래 고민했습니다. 당연한 것은 진부하게 느껴지기도 하기 때문입니

다. 그러나 그렇기에 더 쉽게 놓치고 사는 것이 사랑과 때가 아닐까요. 책의 제목은 이제 이것이 아니면 안 될 것 같습니다.

따뜻했던 지난 인연을 그리워합니다. 가족에게 뱉은 아픈 말을 후회합니다. 조금 더 잘하지 못한 사과는 하필 이제서야 하고 싶고 용기가 없어 전하지 못한 고백도 아쉽습니다. 한 번 더 해 봐도 늦지 않았을 시험을 포기한 것은 열등감으로 남았습니다. 이런 타이밍 앞에 붙을 수식어는 '놓쳐버린' 도 되겠고 '어찌할 수 없는'이 될 수도 있겠습니다.

저마다의 타이밍이 있죠. 맞닿았든 어긋났든 모든 순간이 결국 각자의 아름다운 결말을 위한 필연적인 전개일 것이라 믿어봅니다. 우리는 분명 가장 그때의 우리다운 선택을 한 것입니다. 그러면 덜 억울할지도 모릅니다.

이 책을 읽기 시작하신 오늘 또한 적절한 타이밍이 되기를 바랍니다.

2026.03

거짓 없이 박여름 드림

1부

사랑의 방식

고백

결국 사랑은 타이밍이다

두 사람이 어떻게든 마주쳐야 시작이 되고

자주 만나려면 시간이 맞아야 하고

서로의 옆에 아무도 없어야 하며

사랑할 용기가 둘에게 남아 있어야

가능한 것이기에

그래서 어렵고 그래서 소중하다

자세한 사랑

정말 사랑하면 이유가 없다는 말이 유행하는 게 나는 조금 싫었다. 그 말이 세상에 개근하고부터 꽤 많은 사람이 '이유가 어딨겠어.'라는 간단한 한마디에 감동했다.(어떤 주장이 알려지면 해당 사고 자체가 정설이 되는 경우가 많다)

지켜보는 나의 마음은 이상했다. 아무리 세상이 달라져도, 복잡하고 짙어야 하는 것들은 여전히 그럴 만한 가치이기에 깊게 설명되어야 한다고 여기기 때문이다. 어떤 사람들은 그 말로도 충분히 웃고 좋아하지만 또 어떤 사람늘은 각자의 자리로 돌아와 '그래서 대체 그가 나를 사랑하는 이유는 무엇일까?' 하느라 긴 밤을 보낼 것이다.

나는 분명한 이유가 필요한 쪽의 사람이다. 사랑뿐만이 아니고 마음이며 행동이며 인간은 모든 일을 '내가 그러는 이유'를 인지하며 행해야 한다고 생각한다. 왜 하고 있는지도 모르는 행동이 있을 수 있을까? 대단한 무엇이 필요하다는 말도 아니다. 행

동의 동기를 알아야 시작할 수 있다는 것도 아니다. 일단 뛰어
든 후 깨닫게 되더라도 상관없다.

"왜 나를 사랑하냐고 물었더니 무슨 이유가 필요하냐고 하더
라고요. 민망한 마음에 그러는 줄 알고 더 기다려봤는데 정말
그 말이 끝이었어요."

언젠가 사랑 때문에 많이 울던 스물다섯 남자애가 우리에게 하
던 말이다. '표현이 서툰가 보다', '눈치가 없는 거 보니 경험이 많
이 없나? 차근차근 배우면 되겠지.'라는 말로 사람들이 그를 위
로했지만, 닿을 리 없다. 그는 결국 사랑하는 사람에게서 나를
사랑하는 이유를 듣지 못했으니까. 단 하나라도. 그녀는 그것을
말로 설명할 줄 모르니까.

나를 왜 사랑하니? 하나 더 말해줘.
그런 거 말고…. 다른 건 없어? 내게만 있는 것은 없어?

우리는 누군가에게 자꾸만 나의 유일함을 발견해 주기를 바라
며 산다.

침대에 누워 시시콜콜한 이야기를 주고받는 연인만의 시간이 있다. 잠에 들기 전 베개에 누워 나눈다고 해서 필로우 토크라고 불린다. 난 그때마다 둘만 아는 게임을 만드는 것이 취미였다. 지금 감정에 즉석에서 멜로디를 붙여 자작곡 대결을 하는 것이나 오늘 하루 속상했던 일을 몸으로 표현해서 상대가 맞히게 하는 것, 키워드 하나를 정해 그것이 들어가는 노래를 고갈될 때까지 번갈아 가며 부르는 것이다. 그냥 즐거운 것뿐 아니라 둘에게 특별한 대화가 나올 수밖에 없는 유의미한 활동을 하는 게 핵심이다.

언젠가는 누가 누가 더 사랑하나 게임을 제안했다. 내가 너를 사랑하는 이유를 말해주는 것. 차례대로 딱 하나씩만.

-너무 예뻐서

잘생겨서!-

-몸매가 너무 좋아서

키가 완전 커요!-

이렇게 겉으로 봐도 알 수 있는 칭찬에서 시작하다가

-매일 밤 하루의 기분을 물어봐 주는 마음이 예뻐

　　　　네가 자세하게 설명해 주니 난 불안할 게 없어-
-나를 위해 써 주는 긴 편지가 꼭 작품 같다.
나한테만 그럴 거지?

　　　　　　　응. 고민도 없이 몸을 일으켜

　　　내게 필요한 것을 가져다주는 행동력 최고.-

이렇게 서로의 노력을 알아주는 말들을 지나쳐서

-귀여운 질투쟁이라서 좋아

　　　　　최고의 방귀쟁이라서 못 잊을 거야-
-편식공주님. 너 때문에 이제 나도 버섯 안 먹지.

　　　　다한증까지 귀엽다. 지금도 땀 나네. 웃겨-
-여행 가는 차 안에서 같이 노래 부르는 게
왜 이리 좋을까.

　　　　세상 모든 노래를 네 목소리로만 듣고 싶다.-

우습고 귀여운 실수나 취향도 우리가 사랑하는 이유가 된다.

이런 연애는 많이 다투더라도 가장 기억에 남을 것이다. 세밀한 대화를 주고받았기 때문이다. 크게 감동하고, 네가 생색낸 적 없는 일마저 내가 알아주다 보니 우리는 서로의 사랑을 매일 느낄 수밖에. 온종일 부딪히고 오해가 쌓이던 날에도 잠들기 전에는 이런 시간을 가져야 했다. 고맙다는 인정과 서로에 대한 칭찬이 쉼 없이 오가니 사랑을 의심할 틈은 없었다. 그러면 더 이상 서운한 것도 없었다. 네가 말해줬으니까. 사랑의 균열은 불친절한 설명에서 비롯될 때가 많다.

우리는 모두 누군가에게 자세한 사랑을 받아본 적이 있다. 어떤 이는 어렵다고 한 그 일을 누군가는 거뜬히 너무나 당연하게 날 위해 해내는 한 사람을 본 적이 있다. 그러니 불가능한 것은 없다. 하고 싶은 일과 해야 하나 싶은 일만 존재할 뿐.
거창한 이유 따위도 필요 없다. 외적인 부분일 수 있고 둘만의 추억이어도 좋고 사소한 특징이나 귀여운 실수가 될 수도 있다. 나는 그것을 성의라고 판단한다. 네게 들려주기 위해 무엇이라도 발견해 보려는 노력. 사람은 이유가 붙은 존재성을 부여받고 싶어 하는 거다.

사랑에는 이유가 있어야 한다. 예뻐서, 따뜻해서, 잘 알아줘서, 든든해서, 너는 성실해서, 솔직해서. 뻔한 이유에 더해 누구에게도 들어본 적 없던 말로 나를 인정해 주고 칭찬해 주는 그런 사람을 만나야 한다. 다른 사람이 아닌 너여야 함을 설명할 수 있어야 한다.

사랑은 그런 것

걱정하는 것 함께 기쁜 것

믿는 것 그 이전에 믿게 해주는 것

하나씩 하나씩 네게만 보여주다가

이제 나만 아는 비밀이 세상에 더 이상 존재하지 않게 되는 것

아픈 말을 뱉고 후회하고 달려가 미안하다 하는 것

이제 네가 있으니 어디 가서 지면 안 되는 것

네가 잘 자고 있는데 눈물이 나는 것

너를 만나 더 멋진 사람이 되는 것 남들에게도 그게 느껴지는 것

책임지는 것

좋은 사람

사람들은 여전히 다정한 사람을 좋아한다. 각자 받은 따뜻한 친절에 감동하며 마음이 정화됐다고 공유하고, 아이스크림이 녹아 뚝 떨어지자마자 휴지를 세 칸 뜯어 건네준 그 남자의 세심함에 놀랐다며 설레고, 아직 실패와 이별로 힘들 때 조용히 집에 와서 밥을 해주고 간 친구가 있다며 자랑하는 사람을 나는 봤다. 너무나 좋은 기억의 자산이겠다고 부러워했던 장면도 스쳐 지나간다. 몇 년 전 내게 특별한 사랑을 준 전 연인에 관한 이야기가 아직 주변에서 회자되는 것도 이와 같다.

살아가며 누군가에게서 받은 자세한 친절은 두고두고 이야깃거리가 된다. 민들레 홀씨처럼 날고 날아가 어디에 닿고 또 어디에 닿는다. 우리는 대개 따스한 사람을 만나는 것을 큰 복이며 인연이라 여긴다.

얼마 전 알게 된 두 사람이 있다. 둘은 연인이고 이 년 반쯤 만났다. 만남의 시간이 다르므로 그와 그녀를 함께 볼 일은 내게 없다. 그렇지만 서로의 이야기를 들으면서 안 봐도 그려지는 장

면들이 충분히 있다. 둘이 같이 밥을 먹으면 이런 모습일 것이
며 둘이 편지를 주고받으면 각자 어떤 웃음을 보일지 정도 같은
것들.

그녀의 주변 사람은 그를 굉장히 멋진 남자로 알고 있다. 그녀
의 일기 속 그 남자가 그랬으니까. 그리 커다란 이벤트는 없었
지만 싫어하는 음식을 기억해 주고, 힘이 드는 밤 같이 있어 주
고, 불편한 구두를 신은 날 발이 아플 것이 걱정되어 슬리퍼를
가져다주고, 좋아하는 드라마를 같이 정주행해 주는 묵묵히 좋
은 남자로 보였다.
생각해 보면 그리 남다르게 낭만적이거나 남들은 못 할 노력이
담긴 일은 또 아니었지만 그녀의 재주 덕인지 남자와의 일상은
우리의 마음까지 따뜻하게 했다. 사랑이 하고 싶어지는 날도 많
았다.

둘을 오래 지켜본 내게 하나의 궁금증이 생겼다. 바로 남자가
여자에게 특별히 감사했던 순간은 무엇이냐는 것이다. 여자는
사소한 일화로 연인이 정말 좋은 남자임을 자주 자랑했는데 남
자에게선 한 번도 들어본 적이 없다. 원래 말이 없는 사람이 아

닐까? 하는 물음은 그다지 큰 힘이 없다. 같이 무엇을 먹고 어디에 갔는지, 자신이 어떤 경험을 했는지는 다 말하지만, 여자의 무엇을 발견해 준 적만 없다.

1년 가까이 봐오던 내가 최근 마지막 만남 때 남자에게 물었다. 그녀가 준 명장면은 무엇인지. 꽤 오래 생각하던 그의 입에서는 두 개의 이유가 나왔다. 친구의 깜짝방문으로 그녀와의 약속을 취소해 서운했을 텐데 웃으며 이해해 준 것, 자신의 엄마에게 겨울 찻잔을 선물해 준 것. 그리고 더는 떠오르지 않는다는 표정을 짓다가, 시간을 조금 가지고 생각해 봐도 되겠냐고 묻다가, 조금 더 생각에 잠기다가, 그는 말했다.

"글쎄요…. 딱히 안 나는데 뭐 다 고맙죠. 평범했고 무탈했고 즐거운 연애였어요."

그 말에 서운해졌다. 그녀 대신에 말이다. 그녀의 일기만 들어도 나는 말해주고픈 감사한 일이 별 쏟아지듯 떠올랐기 때문이다. 사실 그가 말한 고마운 일도 자세히 한 자 한 자 뜯어 보면 그녀 자체로 감동을 준 사건보다는 자신에게 희생하고 자신을 인내하거나 본인 주변을 챙긴 일뿐이다.

그러나 나는 평소 그보다는 그녀가 더 멋진 사랑을 했다고 느꼈다. 이것은 둘의 모든 모습을 다 보지 않는대도 알 수 있다. 각자의 일기로, 서로를 묘사하는 말씨로, 상대를 말할 때의 눈빛으로, 다른 사람들을 대하는 모습으로 느껴진다. 여자 일기의 주인공은 남자였고 남자 일기의 주인공 또한 남자였다.

그는 과연 그녀의 자잘한 노력과 배려를 모두 간직했을까? 당연하게 지나쳤거나 알아채지조차 못한 순간이 너무 많지는 않을까. 정확히 말하면 당시 고마웠으나 이미 익숙해져 특별하다는 생각을 못 하는 일이겠지. 이유가 무엇이든 그는 그녀가 해준 자잘한 일을 단숨에 꺼내지 못하고 있었다. 그녀가 한 사랑을 전부 기억해 줄 사람은 없다는 사실이 아쉬웠다. 잠깐씩 들은 일만 해도 특별한 것투성인데.

일이 늦게 끝난 당신에게서 아무런 연락을 못 받고 붕어빵의 온기를 그 작은 몸으로 꽉 안아 품고 있던 어느 겨울날은 기억나지 않나요? 당신 가족의 문제로 힘들어할 때 아무런 고민도 없이 모든 일을 제치고 달려와서 팥이 잔뜩 올라간 빙수를 먹이고

따뜻한 우동과 카츠를 먹이고 놀이터 그네에 앉은 당신 앞에 쪼
그려 앉아 안아주었다는 그날도 기억나지 않나요?
그녀를 떠올리면 떠오르는 노래 같은 것도 있냐고 슬쩍 물어봤
는데 당신은 없다고 했지요. 여자는 매달 당신에게 들려주고픈
이야기를 찾느라 한 달에서 하루 빼고 다 분주했는데 어떻게 기
억에 남는 가사가 한 줄 없나요.

이번에는 나의 이야기이다. 글이나 영상에서 사랑을 설명하기
위해 내가 받았던 좋은 경험을 들려줄 때마다 사람들은 말했다.
'좋은 사람을 만나셨네요.' ,'저는 매번 실패하는데 유독 인복이
좋으시네요.' , '인품이 훌륭한 남자들을 만나시네요.'
그 말을 들으면 맞지, 그래도 나를 위해 한때 최선을 다하기도
한 사람들이었지, 싶어 감사한 마음으로 수긍하다가도 마음이
기웅기웅거렸다.

누군가와의 좋았던 기억을 풀 때, 복이 많다는 이야기를 듣는
일은 자신을 스스로 의심하게 했다. 분명 사랑한 날 속에 들어
가 보면 내가 더 분주했는데 운이 좋게 좋은 사랑을 받기만 한
사람이 되어 있었다. 내가 한 좋은 일들을 입 밖으로 꺼내는 것

은 왠지 자랑 같기도 하고 굳이 할 필요 없는 일이기에 안 했는데…. 괜히 섭섭하고 억울한 것은 유치한 마음일까? 그러다가 업무 자리에서 한 남자를 만나게 됐다.

그는 첫 만남 전, 지난날의 나를 공부하고 왔다고 했다. 특히나 연애 이야기를 깊게 잘 보았다길래 나는 바로 방어막을 하나 만들어 세워뒀다. 또 좋은 사람을 만났다고 할 것이 두려웠을까. 이런저런 부끄러운 마음에 설명을 붙이려는 내게 틈을 주기 싫은 듯 그는 이렇게 말했다.

"어떻게 이걸 다 알아봐 줘요? 저는 여름 씨가 더 대단하던데요."

대단하다고 했다. 보통의 사람들은 이렇게 시간이 흘러서까지도 기억하는 일이 드물 것이라고. 한 사람이 멋져 보이는 것은 그것을 잘 알아봐 주고 예쁘게 이야기를 풀어주는 귀인을 만났기 때문인 것도 있다고 그가 말해주었다. 내 눈을 보고 아주 자세히 말해주었다. 사랑을 줘도 아깝지가 않을 만큼 알차게 기억해 주는 것이 더 큰 재능이라는 얘기를 덧붙이면서. 그 말을 잊지 못한다. 그때 그의 눈이 은하수 같았다는 것도 잘 기억한다.

알아주길 바라고 하는 일은 아니었지만 알아주니 모든 퍼즐이 맞춰지는 기분이었다. 지나쳐 보면 다른 형태라 하더라도 사랑을 하며 참 많은 마음과 일화가 생겨나는데 사람들은 그리 커다란 티가 나는 일이 아니면 차곡차곡 담을 생각을 못 하기도 한다. 결국 내게 대단한 사람은 누군가의 입에서 나오는 '좋은 사람'보다 그를 '그렇게 말해주는 한 사람'이다.

그래서 요즘은 친절을 잘 기억하는 사람을 유심히 관찰하는 편이다. 친절은 어쨌든 결국 '내가 그런 사람이 되는 일'이기에 베푼 것이 결국 자신에게 돌아올 확률이 높지만, 누군가의 마음을 알아주고 귀하게 여기는 일은 그렇지 않다. 온전히 그 한 사람의 좋은 점을 보고 감동하는 순수한 마음이다. 그것은 전적으로 남을 위해서만 하는 일이다. 돌아보면 어떤 이를 칭찬하며 웃을 수 있던 사람들이 더 티끌 없이 맑고 섬세하며 목적 없이 선하지 않았나.

친절을 그냥 넘기지 않고 인생의 어느 순간에 기록해 주던 얼굴들처럼. 휴지 세 칸으로 아이스크림을 닦느라 바빴을 텐데도 그때 그 사람의 챙겨줌을 기억해 주던 친구처럼, 아픈 날 집에 와준 친구의 등을 마음속 카메라로 예쁘게 찍어둔 그녀처럼, 남자의 잘하고 잘한 점만 짜내어 사람들에게 동화 속 주인공처럼 자랑해 주던 그녀와 지난 인연이 티 내지 않은 노력을 잘 알고 있다가 그만큼이나 따뜻한 남자였다고 칭찬하며 살아가는 나처럼.

누구도 원망하지 않는다. 그것 또한 나의 선택이겠지. 다만 그런 마음은 있다. 내가 어딘가에 가서 그들은 기억도 못 할 자잘한 일을 기억하고 참 따뜻한 일이었다고 말해주는 것처럼 그들에게도 나의 사랑이 잘 기억되고 있기를. 그저 그런 날보다는 특별한 날로 기억해 주기를. 그냥 나를 닮은 무엇을 보거나 나의 이야기가 나올 때, 정말 예쁜 한 사람이 있었다고 웃어 주기를. 홀씨가 되어 땅도 좋고 모래도 좋고 아스팔트도 좋으니, 작은 마음이 어디에라도 피어나는 곳으로 닿기를 바라는 마음이다.

누군가를 만나면 일상에 얼마나 감사할 줄 아는 사람인가를 본다. 그것은 지능이며 재능이다. 알아주지 않는다고 서운해할 수 없지만 그래도 알아주는 사람에게 더 사랑 주고 싶다.

다. 그것은 지능이며 재능이다. 알아주지 않는다고 서운해할 수 없지만 그래도 알아주는 사람에게 더 사랑 주고 싶다.

'정말 행복해!', '그때 감동했어.', '지난 여름 생각난다. 참 감사
했는데.'

재잘재잘 표현하는 저와는 정반대의 사람을 사랑한 적이 있습
니다

수다스럽지 않은 그가 좋았지만 그것이 저를 속상하게 하기도
했습니다

아마도 저는 얼마 안 되는 말에 내게서 발견한 특별함 정도는
담겨있기를 바랐나 봅니다

그가 나의 어떤 노력을 알아봐 주는지, 내가 해준 어떤 말이 평
생 그와 동행할 것 같은지, 나를 떠올리면 기억에 남을 순간이
있는지….

좋은 여자 친구가 되려는 목적으로 사랑한 것은 아니었지만요

내가 너를 이만큼이나 사랑하고 있음은 알아줬으면 했던 것
이죠

나의 노력을 기특하게 지켜봐 주는 사람은 없는 기분이었습
니다

나도 분명 그에게 준 것이 많은데….그러면 안 되지만 좋았던

과거의 날과 비교도 하게 되었습니다

좋은 순간, 특별한 추억, 나 혼자 했을 노력을 알아주던 사람들

대가 없이 주는 것이 사랑이라고 하던가요?

그것이 가능해지려면 손뼉이 맞아야 하는 거죠

이미 네가 너무 잘 알아채 주니

나는 무언가를 티 낼 필요가 전혀 없어지는 거죠

이렇게나 세심할 수 있구나, 이렇게 나뿐일 수 있구나

서로 감탄하느라 시간이 훌쩍 걸어가 버리는 게

그것을 우리가 따라가기도 벅찰 만큼 꿈을 꾸는 기분인 게

저한테는 사랑인 것 같습니다

기꺼이

요즘은 끓이기만 하면 되는 형태로도 잘 나오지만 하나하나 고르고 손질해서 요리해 주고 싶은 마음에 결국 사 먹는 것보다 돈을 더 쓰고 마는 한 사람을 위한 밥상, 공부하느라 밤을 새우고 지금 가면 20분밖에 못 보는데도 시험 전에 기숙사 앞으로 달려가 초콜릿을 들고 그네에 앉아 있는 일, 빠른 길을 알면서도 직접 찾아보고 싶다는 여자의 고집을 한 발짝 뒤에 서서 느긋하게 따라와 주는 남자, 헤매느라 땀을 뻘뻘 흘리면서도 이런 것들이 기억에 더 남을 거라고 하며 예쁘게 웃어주는 그 사람의 반달눈, 조금 더 젖더라도 같이 쓰는 것이 낭만적이지 않냐면서 내 우산을 빼앗더니 나를 씌워주느라 결국 반틈이나 혼자 젖어 버린 너의 등, 하루 있는 휴일에 보여주고 싶은 풍경이 있다며 열한 시간을 운전해 광안대교를 보여주는 일, 네게 줄 빼빼로의 막대조차 남이 만든 것으로 하고 싶지가 않아서 오븐까지 들여 기다란 과자를 만드느라 애를 썼던 시험 기간, 그런 내게 행운마저도 남이 주는 것이 싫어졌다며 여름 내내 한강 공원을 뒤져서 찾아낸 네잎클로버를 말려 코팅해 준 그 애, 처음 받은 꽃이 시들어가는 게 아까워서 한 잎 한 잎 말려 예쁜 접시를 만들어 그 안에 요리를 내어주는 것, 통화를 더 오래 하고 싶어서 집에 도착하지 않은 척 골목을 수십 번 돌며 몸을 배배 꼬는 새벽, 한 사람을 위한 노래를 직접 쓰고 불러 선물해 주는 마음, 화해는 얼굴을 보고 해야 하는 것이라며 십 분을 안아주기 위해서 세 시간을 운전하는 것.

누군가를 사랑하면 기꺼이 불편해집니다. 조금 돌아가더라도 온전한 마음을 쏟아 보고 싶으니 그런가 봅니다. 무엇 하나도 쉽게 건네고 싶지는 않은 거죠. 피곤해도, 돈이 조금 더 들어도, 시간이 많이 걸려도 기억에 남는 한순간을 선물해 보고 싶은 마음…. 그 사람은 나에게 특별하기 때문에.

사랑 앞에서는 몇 번이고 불편한 길을 선택해 주는 사람이 좋습니다.

오래오래 남는 것들은 이런 것 같습니다. 좋은 선물, 비싼 밥도 저에게 소중한 경험이지만 꾸벅꾸벅 졸면서도 내 손을 놓지 않고, 잠시라도 봐서 다행이라며 내 앞에서 울고, 숨이 차게 달려서 나를 보러 온 그 땀방울을 못 이깁니다.

기꺼이 사랑하고 계시나요?

가사 먼저 보는 사람

친구들은 짱구를 보고 소녀시대 노래를 따라 부르던 초등학생 시절, 내게는 그 무엇보다 재밌고 기다려지는 시간이 있었다. 그것은 바로 엄마와 라디오를 듣고 가요무대를 보는 일.

노래와 사연을 듣는 일이 좋았다. 그것을 통해 울타리 너머의 사람들이 어떤 세상을 살고 있는지 알 수 있다는 점이 특별했다. 나는 수많은 글과 말을 통해 어린 내가 겪어보지 못한 감동을 대신 경험할 수 있었고 끄덕이며 공감하는 법도 배웠고, 아직은 먼 슬픔을 예습하기도 했다. 때가 오기 전엔 알 수 없는 모르는 말이 나오면 집요하게 질문했다. 그러면 엄마는 풀어서 설명해 주거나 가사를 길게 적어주었는데 그걸 들고 다니며 외우는 일도 좋았다.

너 이 노래 알아?
한 사람이 다른 사람을 오래 기다리는 이야기래. 어젯밤에 엄마가 알려줬어.

친구에게 자랑도 했다.

박상민의 <눈물잔>이라는 노래에는 이런 가사가 나온다.

힘들 때마다 눈물로 잔을 채울 때마다 얼마만큼 사랑했는지 기억할 테니까.

엄마. 눈물로 잔을 채우는 게 뭐야?-
-너무 많이 울어서 이만한 잔이 다 채워진다는 거야.

그럼 이 사람은 눈물로 잔을 채워 봐서 알게 된 거야?-
-해 보지 않는대도 알 수 있는 게 있어. 남자는 그만큼 많이 울었다는 거야.
어른들은 항상 사랑을 하고 우네.-

그 당시의 나도 알아주는 울보였으니 눈물로 잔을 거뜬히 채울 수 있을 거라고 생각했다. 유리 술잔 두 개를 언니와 하나씩 나

뒤갖고 한잔을 다 채우는지 내기했다. 슬픈 영화를 보거나 서러운 생각을 하며 눈물이 떨어지는 자리마다 잔을 대었다. 똑. 똑. 똑.

많이 울었다고 생각했는데 한잔이 채워지기엔 턱없었다. 충분히 슬펐는데 말이다. 오랫동안 지속한 우리만의 게임이었지만 한 번도 성공할 수 없었다. 아, 박상민 아저씨는 너무 많이 슬펐던 것이구나. 세상에는 아직 내가 잘 모르는 더 커다란 울음의 이유가 있나 보다. 그렇게 나는 눈물로 잔을 채운다는 것의 의미를 알게 됐고 그리움을 표현할 방법이 아주 많다는 것도 배웠다.

내가 아주 작았을 때, 우리 집 좁은 거실은 내게 그런 공간이었다. 특히나 라디오 앞과 베란다 앞이 그랬다. 빨래를 개는 엄마 옆에서 고사리손으로 함께 수건을 개며 쏟아내던 순수한 질문들. 라디오 앞에 함께 귀를 대고 노래의 가사를 적어보던 시간. 크고 작은 호기심 하나 하나 들어주다가 나의 모든 것을 엄마는 해결해 주던 기억. 덕분에 어릴 적 나는 사랑이 얼마나 고결하며 이별이 얼마나 가슴 시린지를 배울 수 있었다. 이것은 엄마가 만들고 엄마가 다듬어 준 나의 특별한 재능.

하나를 궁금해하면 나를 재우고 무언가를 공부해 알려주던 그 사랑이 좋아서였는지 원래부터 나라는 사람은 말의 의미를 다 이해해야만 그다음으로 갈 수 있는 사람이었던 건지 순서는 잘 모르겠지만 내게는 무언가를 자세히 알고 싶은 기질이 있던 것 같다. 말을 이해하고 상황을 이해하고 그 안의 각자 입장과 감정까지 이해하고 말겠다는 고집 말이다. 많이 듣고 볼 수 있다는 것에는 원하지 않는 마음까지 알게 되어 서운하고 슬플 때도 있다는 결과도 따라오지만 삶을 사랑하며 깊게 살아보고 싶은 나 같은 사람에게는 좋은 작용이 훨씬 많은 일이다.

더 많이 읽고 더 많이 보며 더 깊게 감동하는 사람은 아름답다. 진지하게 살아보고픈 의지로 느껴져서. 이것은 나의 삶만 생각하는 것이 아닌 상대의 삶까지 존중하고 공감하고 싶은 사람들의 자세이기도 하다. 알고 싶은 마음 이전에 알아봐 주고 싶은 마음이 있다.

하고 많은 재능 중 무언가를 읽는 것에 트여있음에 감사하다. 글보다는 진심을 읽는 일이겠지. 삶의 사소한 순간을 어느 곳에라도 새기는 내가 좋아. 일상의 따뜻한 순간을 포착하는 힘이 있는 내가 멋져. 한 사람의 편지 중 인상적인 구절 하나쯤은 노력하지 않고도 외워 살아가고 있는 내가 예뻐. 깊은 마음이야말로 인간이 가질 수 있는 커다란 능력.

아직도 꿈에 그 어린 날의 좋았던 시간이 나온다. 엄마가 온전히 나에게 집중해 줘서 행복했던 시간들. 모르는 것이 없는 그녀가 대단해 보이던 날들.
그때 배운 것이 많아서 나도 마음을, 사랑을 사람들에게 말하며 살게 되었나 보다.

사랑하는 사람과의 어떤 순간을 잊고 싶지 않을 때 우리의 오늘과 잘 어울리는 노래를 하나 생각해 냈다. 그러고는 풍경을 앞에 두고 재생했다. '지금 이 노래 가사 집중해서 들어 봐.' 라고 말하면서 어깨에 기댔다. 어떤 사람들은 가사를 찾아 읽어가며 처음부터 끝까지 나와 노래에 집중했다. 곡이 끝나면 어느 부분이 좋았는지 말해주고 나는 어느 부분 때문에 자신에게 들려준 것인지 궁금해했다. 그들은 나와 남이 되는 날까지 그 노래를 특별히 여겨주었다. 어쩌면 지금까지도 그래 주고 있을..

그러나 어떤 사람들에겐 그저 노래 한 곡이었다. 중요한 소절을 지나는 줄도 모르고 이어폰을 빼 내게 저녁 메뉴 질문을 하던 남자가 있었다. 몇 달 후 다시 그 노래를 틀었을 때도 기억하지 못하던 그 오빠를 볼 땐, 그러지 않아도 될 일이었는데 크게 속상했다.

'어떻게 다 기억해.. 모를 수도 있지. 그래도 사랑하는 거 알지?' 라고 말하던 그를 가만히 쳐다보다가 끄덕였다. 그것밖에 할 수 있는 것이 없었다. 별일 아니라고 말하고 있었으니까. 도수 없는 캔맥주를 마시며 우리가 결혼은 못 하겠다 생각하던 어느 가을 저녁, 한강 공원 잔디밭 풀 냄새가 기억난다.

결혼

혼자 사는 나를 가장 서럽게 하는 건 과일이었다. 한 번만 먹을 양으로는 마음에 들게 팔지도 않고 원체 좋아하니 다양하게 먹고 싶은데 그러면 또 주어진 기간 안에 먹지 못해 버리는 일이 생겼다. 몇 조각씩 파는 배달 과일은 또 너무 비싸서 욕심에 한 봉지, 한 박스 단위로 사다 보니 매번 딜레마였다. 아까워서 짜증이 나면서도 오기 같은 것이 생겨 참기는 싫었다.

슬플 때 과일을 사는 버릇이 생겼다. 가격 신경 쓰지 않고 사서 예쁜 접시에 쌓아두고 먹는 것이다. 적어도 세 종류는 있어야 하고 그중 제철 과일이 포함되어야 하는 규칙까지 있다. 나에게는 과일이 잘 지내고 있음을 증명해 줄 수단이 된 듯했다. 감당도 못 할 양이라 해도 아끼지 않고 다양한 과일을 쌓아 놓고 먹으면 마음이 조금 나아졌다.

그러던 내 삶에 과일 요정이 나타났었다. 나를 따라 과일을 좋아해 주던 사람. 혼자였으면 먹지도 않았을 다양한 과일을 사와

밤마다 예쁘게 깎아주었다. 자신이 잘 먹지 못하는 과일까지 나를 위해 준비해 줬다. 보통 사랑이 아니면 지속하기 어려운 일임을 안다. 과일을 깎아주는 그 애 옆에서 나는 우리가 가족이 된 듯한 기분을 느꼈다. 부모님이 없는 낯선 타지에서 그는 내 엄마이고 아빠가 되어주었다. 그가 깎아준 것은 과일의 껍질이 아니라 나의 외로움이었다.

그래서 내게 기억에 남는 것들은 이런 날이다. '여름이는 혼자 있을 텐데 방어를 먹었나? 따로 덜어줄 테니 가져가서 꼭 먹여.' 라며 방어와 밑반찬을 도시락에 예쁘게 싸주신 J의 부모님은 이것 발고도 니를 자주자주 챙겨 주셨다. 다정한 J. 자기도 먹고 싶었을 텐데 꾹 참고 두 시간 반을 운전해서 내 입에 먼저 넣어준 것 기억난다. 가족들과 떨어져 사니 보고 싶지 않냐며 꽤 자주 먼 거리를 운전해서 본가에 데려다주고 한께 시간을 보내준 너의 노력에 우리 엄마 아빠도 감동했단다.

나를 그리 잘 챙겨 주는 그 애가 기특한지 울 엄마는 나에게만 쓰던 짧은 글의 쪽지를 J의 몫까지 적어 바리바리 반찬을 싸서 택배로 보내주었다. 도착하면 빠르게 달려 나가 사진을 찍고 감사 인사를 하던 아이. 누군가와 함께 살아가는 기분은 나에게 다른 느낌의 사랑을 가르쳐 주었다. 사랑하면 배고플 때, 아플 때 혼자 두지 않는 것이구나. 자칫 외롭게 느껴질 수 있을 어떤 날을 잘 알아채고 내가 있음을 알려줘야 하는구나. 우리는 서로에게 이런 것을 많이 배웠다. 나도 너에게 잘해준 거 맞지?

그 애와 아주 힘든 이별을 하고 다시 혼자가 되었을 때 나는 과일을 잘 못 먹었고 엄마 반찬도 다 먹지 못한 채 상해서 버려야만 하는 일이 생겼다.

"조심히 가."

기차에서 손 흔들고 늦은 밤 집에 돌아와 엄마가 싸 준 음식을 정리한다. 그렇게 일상으로 돌아와 이틀 정도를 더 기다리면 내가 혼자서는 들기 어려운 반찬들이 가득한 택배 상자가 하나 도착한다. 하나씩 하나씩 정리하고 고맙다는 연락을 남긴다. 힘드니 다음부터는 이리 많이 안 보내도 된다는 말도 더한다.

그 후로 또 다양한 연애를 했다. 내가 탄 기차가 출발하면 겨루

기라도 하는 듯 빠르게 달리다 놓치고 아쉬운 척하던 남자애도 만나 봤고 늘 배웅할 수 있는 어떤 거리에서도 [기차 잘 탔어? 조심히 다녀와] 라고 집 안에서 문자만 하는 사람도 만나 봤다. 그런 것도 내게 충분히 싫을 이유 없이 좋은 기억이지만 아주 가끔은 본가에 내려갈 때마다 운전해서 데려다주던 그 애가 생각났다. 조수석에 앉아 '네가 있어 나는 행복해' 라고 말하는 나를 보고 이렇게 말해준 적 있지.

"이제 혼자 다닐 일 절대 없어."

너랑 헤어지고 기차역에 갈 때마다 그렇게 외롭다. 이거 완전 네가 만든 나쁜 버릇.

나 같은 사람은 손 흔들어주는 배웅은 이제 되었고 언제든 같이 있어 주는 사람에게 사랑에 빠지는 법이다. 어딘가에 다녀와서도 혼자가 아닌 기분이 선물 같아서.

혼자 짐을 챙기고 혼자 청소를 하고 혼자 빨래를 널고 개는 생활을 오래 한 사람에게는 누군가와 정말 하나가 되는 일이 꿈

같다. 그래서 아플 때 걱정해 주는 사람에게 크게 감동하고 가족을 만나지 못하는 명절을 함께해주는 사람 앞에서 우리는 많이 멈추는 것이다. 보지 못한 세상을 경험시켜 주며 혼자 할 일 없게 하겠다는 약속이 우리에게는 더 크게 다가올 것이다. 집에 같이 돌아오고 싶은 한 사람을 찾는 것이다.

밥 짓는 냄새 가득한 집과 북적이는 기차, 더 북적이는 지하철을 지나 서울 집에 오면 적막과 나만 남는다. 명절이 되면 또 짐을 챙겨서 무언가를 타고 먼 곳으로 이동해서는 이곳은 내가 살아도 될 곳인가? 생각하며 잠시 막막해지다가 그래도 살아야겠지. 하며 주섬주섬 꿈을 향해 무언가를 모은다. 자꾸만 새어나가도 모아본다.

혼자 지내는 지인에게 일이 생기면 크게 속이 상합니다

방 안의 슬픔을 누구보다 잘 알기 때문입니다

이렇게 잠시 나와 있으면 좀 낫다가도

집에 가는 길 내내 먹먹하고

그 안에 들어와 문을 닫고 나면

세상과 차단된 느낌이 들기도 합니다

지난겨울

아주 많이 운 날이 며칠 됩니다

무섭고 막막해서

얼마 전 우리 동네로 이사를 온 다은이에게 전화를 걸었어요

그녀는 내 집으로 오겠다고 말합니다

내가 먼저 찾았다는 이유만으로

아무것도 묻지 않고 보자마자 안아주더군요

울면서도 그걸 절대 잊고 싶지 않아 사진을 찍었습니다

밥을 먹이고

질문하고 달래고 함께 울어주던 그 밤을 잊지 못할 거예요

각자의 방에서 혼자 살아내는 모습을 거의 십 년째 보고 있는

그녀와 나는

이제 마음으로 이어진 자매 같습니다

저는 물론 모두가 행복하기를 바라지만

혼자 사는 사람들이 조금 더 힘들지 않으면 좋겠습니다

아프면 안 됩니다

닮아가는 취향

처음 만난 날 검은색의 코트 두 번째 만남에선 검은색 자켓 세 번째 만남에선 검정색 코트. 이 사람은 이런 사람이구나. 큰일 났다고 생각했다. 집에 돌아와 옷장을 뒤지니 형형색색이다. 색이 없는 옷은 속옷과 후드집업 하나가 끝이던 내가 사랑하는 사람에게 맞춰 보겠다고 그날 밤부터 무채색의 옷을 하나씩 들이게 됐다. 다가올 봄에 입으려고 사놓은 모든 원피스를 고이 넣어두고 몇 개 있지도 않은 바지를 쥐어 짜내서 데이트에 나갔던 연애 초반. 그를 만나는 날만 차분하고 어두운 내 모습이 낯설던 날을 지나 이제는 제법 재미도 있다.

'이만하면 안 튀겠지..'

엘리베이터를 타고 내려가니 그가 도착해 있다. 베이지색 코트를 입고. 5년 전에 사고 딱 한 번 입었는데 오랜만에 입어본다며 머쓱해한다. 좀 잘 어울리지 않냐며 잘생긴 표정도 나를 향해 짓는다. 베이지색 코트, 초록색 바지. 파란색 배색 니트는 아마도 나와 잘 어울리는 남자가 되어 보고픈 그의 귀여운 노력이다.

밝을 줄만 알던 여자에게는 차분한 그림도 몇 점씩 생기고 다소 칙칙하던 남자의 삶엔 본 적 없는 색으로 가득한 여자가 생기를 더한다. 이렇게 천천히 서로에게 물들어가는 것이 사랑이랬지. 사랑이 만들어낸 어설픈 흉내는 두 사람의 또 다른 취향이 됐다.

왜 누군가를 좋아하게 되면 취향을 몰래 알아내어 내 것인 듯 연기하던 때가 있지 않나. 실은 본 적도 없던 그 드라마를 밤을 새워 정주행하고 아는 척하던 날처럼. 고양이상을 좋아하는 친구와 잘 어울리고 싶어서 괜히 짙은 메이크업을 하고 가까워지던 때처럼, 힙합을 좋아하는 오빠에게 나도 꽤 그것과 친하다는 것을 보여주고 싶어서 들어오지도 않는 랩 가사를 외우고 노래방에서 혼자 연습하던 날처럼. 우리는 조용히 누군가의 삶을 동경한다.

2025/12/13 토요일 23:27

오늘은 눈이 엄청 쏟아진다고 했는데 오지 않아서 기다리고 기다리다 속상해졌다.

저번 만남 때 여름 님이 첫눈을 같이 맞는 것에 대한 얘기를 해줬다.

나는 원래도 눈을 그다지 좋아하지 않기에 거기에 대한 생각이 깊지 않았었다.

그러나 역시 좋아하는 사람의 말은 영향이 있는지 이번 해에 떨어지는 눈은 뭔가 의미가 깊어지는 것 같다.

기다리게 되고 보고 싶고 언젠가는 사랑하는 사람과 함께 눈을 맞고 싶다는 생각까지 들었다.

사랑하는 사람이 다른 사람과 눈을 맞는 게 싫어졌달까….

언젠가 듣게 된 한 사람의 일기에 내가 있었다. 스쳐 가듯 한 말이었는데. 눈에 큰 흥미가 없다던 여자가 나로 인해 첫눈을 기다리게 되었단다. 그녀는 내년 겨울 첫눈을 지난해의 눈보다 깊이 기다릴까? 그때 곁에 있길 바라는 한 사람은 과연 어떤 사람일까. 첫눈을 원하는 사람과 맞게 될까. 그녀는 이제 눈이 아주 많이 좋아지기도 할까. 한 사람에게 전에 없던 기다림을 주었다는 사실에 기뻤다.

취향이 아니던 것도 궁금해지고 예뻐 보이면 나는 이미 그 사람을 많이 좋아하고 있는 것이다. 혼자 갈 땐 볼 수 없던 것이 그를 통해 보인다. 나는 앞만 보고 가는 법밖에 몰랐는데. 너를 따라 걷다가 줍게 된 나뭇잎, 네게서 배운 좀 더 산뜻하게 한숨을 내쉬는 방법, 너와 너무 가까이 부딪혀서 내게 남은 옅은 스크래치 같은 것들이 켜켜이 쌓여 내가 된다.
아 이렇게 서로가 눈치채지 못하는 몇 초가 쌓여 우리가 되는 것이구나. 아주 오래전부터 누군가의 삶에 계속해서 영향을 받고 또 타인의 삶에 나를 남기며 여기까지 왔을 테지.

어느 날의 일기
일주일 내내 열심히 준비하고 나와서 다양한 친구들과의 약속을 해치우고 집에 돌아가는 길.
옆자리 여성분은 내 또래 같은데.. 질끈 묶은 머리에 안경을 쓰고 맨얼굴로 퇴근한다.
이리저리 치이고 집에 돌아오는 보통의 하루가 너무 대단해 보인다.

나는 매번 밖으로 나갈 때면 최상의 컨디션으로 나와야 하는 강
박이 있는데 자연스러운 모습이 멋지다.
꾸벅꾸벅 조느라 바쁜 고갯짓은 치열한 삶의 증거이겠지.
내일은 나도 편히 나와 열심히 일하고 축 늘어져 집에 돌아가는
하루를 보내야겠다. 아무것도 바르지 않은 얼굴로.

탐스럽고 예뻐야만 할 필요 없다는 이야기다. 우리는 모두 다른
향으로 특별한 사람. 당신도 당신이 모르는 사이 누군가의 뮤즈
가 된 적 있을 것이다. 대단하지 않은 하루에서도 그렇다는 말
이다.

당신에게 얼마나 멋진 면이 있는지 모르지. 당연하게 느껴지는
부분이 나에겐 노력해도 갖기 어려운 점이라는 것을 여전히 모
르지. 예컨대 웃을 때 한쪽 눈이 삼기는 것, 너무 많은 말을 하
지 않는다는 것, 고민이 너무 깊어 자다 깨서도 일기를 쓰던 것,
촌스러운 색이 잘 어울리는 것. 당신에게 아쉽게 느껴졌을 부분
도 누군가에겐 예뻐 보일 수 있다는 것을 당신은 모르겠지.

눈물이 나는 일

"대체 왜 못 헤어지는 건데!"
"이미 너무 사랑해서. 너무 힘들어. 나도 모르겠어."

만나는 내내 극도로 불안했던 H와의 연애. 한 번도 내게서 본 적 없던 모습을 바닥까지 보면서도 놓지를 못하겠던 시간들. 사랑해서 불안하구나 사랑해서 아프구나 하며 스스로를 달래고 어떻게든 버텨 보았지만 결국 안 좋은 마무리로 연애를 종료하게 된 H와 박여름. 그러나 이제는 알지. 나를 울린 것은 사랑이 아니라 고통이었다는 것을.

돈이 없던 P. 학자금 대출에 생활비를 직접 벌던 그 사람. 벌어도 벌어도 새어나가는 돈이 걱정되어서, 친구들을 만나도 가장 싼 메뉴 겨우 시켜 먹던 그 오빠의 짐을 덜어주고 싶어서 내가 무엇을 할 수 있을지 고민해 보다가 냅다 마트로 달려갔다. 가진 모든 아르바이트비를 털어서 반찬 만드는 방법을 배워 열몇 가지를 완성했다.

집 앞에 두고 나는 밤늦게 아르바이트 하러 다시 갔지. 일 끝나고 나와보니 울면서 나를 기다리던 한 남자. ‘다 필요 없어. 이제 널 위해 살게.’ 정말 소리를 내며 꺽꺽 울던 그 오빠. 그날 P가 흘린 것은 나를 사랑해서 흘린 눈물.

“그래도 J오빠가 언니 가장 잘 사랑하지 않았나.”

J는 한 번도 나를 외롭게 하지 않았다. 마중과 배웅을 거른 적 없고 카페 마감 청소를 한 번도 안 빠지고 와서 도와준 성실하고 착한 애. 친구들과의 술자리에서도 술 한 방울 안 마시고 달려와서 나의 힘든 일은 다 맡아서 해주던 애. ‘J가 너 만나고 달라졌어.’ , ‘J가 여름이를 아주 사랑하나 봐. 우리 아들을 좋은 쪽으로 끌어줘서 고마워.’ 그 덕분에 받은 칭찬이 참 많다. 남들로 하여금 내가 대단한 여자가 된 듯 만들어 준 남자 친구. 내가 없는 자리에서도 바르게 나를 사랑해 주던 J.

자다가 갑자기 오른 열을 나보다도 먼저 느끼고 깨워준 새벽이 기억난다. ‘나 몸이 좀 이상해.’ 라는 한 마디에 고민도 없이 업어 들고 응급실에 달려가던 남자. 정신없을 텐데 한 번도 내 손

을 놓지 않고 나를 데리고 다닌 그 애. 오늘 새벽에 일어나야 하
는 일정이 있으면서.
'옮으면 어떡해. 오늘 나랑 같이 있어도 돼?' 라는 말에 '그럼 내
가 어딜 가. 계속 있어. 평생 있어.' 하며 밤새워 간호해 주던 너.
집 안에서도 나를 업고 다니던 너. 네 널찍한 등에 업혀 아, 나
이대로 너랑 죽어도 될 것 같다고 생각하던 날.

J가 우는 장면은 내가 가장 많이 봤고 내가 우는 장면은 J가 가
장 많이 봤다. 우리는 감동해서, 기뻐서, 감사해서 만나는 동안
참 많이 울었다. 그때 우리의 눈물도 사랑 맞다.

나를 가장 딸처럼 대하던 W 오빠. 매일매일 새로운 하루를 보
내다가 함께 집에 가는 길 나눈 밤의 대화가 기억난다.

"엄마가 나 고등학생 때 돌아가셨어.
지금은 아빠랑 누나랑 남았고 나만 독립을 한 건데..
아버지랑 나 진짜 열심히 살고 있거든. 하늘에서 엄마가 보고
계신다고 생각하고?

너를 만나고 마음이 이상해.

여름아 너는

돌아가신 어머니가 내려주신 선물 같아.

바르게 잘 자라줘서 너무 고맙다고 과분한 선물을 주신 것

같아.

너무 사랑하고 있어.”

마주 울며 깊어지던 가을의 밤. 이것도 사랑.

헤어지는 날까지 주간 편지라는 이름으로 일주일에 한 통씩 편지를 쓰던 I. 편지를 건네다가도 울고 편지를 읽어주다가도 울던 그 애는 나를 만나고 눈물이 많아졌다고 한다. 태어나서 처음 느끼는 것들이 너무나 많다고. 나도 느낄 만큼 그 애는 나로 인해 새로운 감정을 많이 배우고 있었다.

그날도 여느 때처럼 바깥에서 좋은 시간을 보내고 집에 돌아와 씻고 마주 보고 누웠다. 가만히 내 머리칼을 쓸어 넘기다가 그 애 까만 얼굴에서 눈물이 또 주르륵 흘렀다. 왜 우느냐고 소리

내지 않고 눈빛으로 질문했다.

몇 번 더 머리를 넘겨주던 그 애는 이렇게 말했다.

"오늘 거기서 좋은 노래가 들리고 네가 앞에서 예쁘게 웃는데
언젠가 내가 프러포즈 하는 날이 그려졌어.
그날이 꼭 오늘 같은 장면이면 좋겠어. 그날에도 네가 그렇게
예쁘게 웃고 있어 주면 좋겠어.
이런 감정을 처음 느껴 봐.."

아 그때 네가 흘린 눈물도 사랑.

글의 머리에서 말한 H와의 연애에서 나는 불안을 착즙하듯 속
수무책으로 끌려갔다. 방법을 잘 몰랐기 때문이다.
사랑해서 마음이 요동하는 줄 알았다. 그래서 울고 힘들어하면
서도 어떤 사랑을 놓지 못했고 그래서 엉엉 소리치고 싸우면서
도 다시 서로를 찾았다. 그러나 이제 명확하다.

진짜 사랑은 마음이 편안해서 눈물이 나는 일.

나를 만나며 행복해서 울던 모든 남자는 나를 통해 자신이 성장했다고 말했다. 나로 인해 삶에 욕심이 생기는 것이 기쁘고 의미 있어서 이것만으로 모든 것을 이룬 것 같다고 해줬다. 원래 잘 울지 않는 사람이라는 말이 거짓말 같게 그들은 참 자주 울었다. 나와 관련된 일에서만. 나 또한 그랬다. 그러면서 알게 됐다. 불안하고 힘들고 싸우느라 답답해서 눈물이 나던 것은 그것은 사랑이 아니었음을.

사랑할 때 흘리는 눈물은 크게 두 가지로 나뉜다. 나쁜 눈물과 좋은 눈물이다. 나쁜 눈물은 믿음이 무너질 때, 걔가 말을 너무 아프게 할 때, 서운할 때, 불안할 때, 내 마음을 이해하지 않으려는 태도에 답답하고 실망스러울 때 난다. 그때 우리의 가슴은 마냥 아플 것이다.

그러나 좋은 눈물은 행복해서 난다. 기뻐서, 네게 감동해서, 감사해서, 함께 본 풍경이 아름다워서, 날 위해 일을 열심히 하는 것이 안타깝고 고마워서. 아픈 것 보니 내 마음도 아파서 슬퍼지고 네가 먼저 손 내밀어 줄 때 많은 것을 배우며 나는 것이다. 이것이 다 너를 아주 사랑해서 벌어지는 일이라고 생각하니 또 안도감이 들어 우는 것이다. 잘 사랑하면 이런 눈물이 난다.

평범한 하루를 잘 보내고 집에 들어와 나란히 누워 이야기를 주고받다가 애틋해지는 것. '너를 만나 행복해.' 전혀 다른 감정을 경험하는 것. 이제껏 돌아온 길이 너라는 종착역을 위한 방황이었다는 생각이 드는데 결국 만났다는 사실 하나만으로 지난 시간 나를 괴롭게 한 모든 일이 더 이상 억울하지 않은 것.

이렇게까지 너만 볼 수 있구나
이렇게까지 잘해 보고 싶을 수 있구나
행복해서 울 수 있구나

누군가를 사랑한다는 건 계속해서 배우는 일 같다.

사람들에게는 저마다의 첫사랑이 있다고 합니다

처음 사귄 사람? 이루어지지 못한 사람?

제게 첫사랑은 '이렇게까지 할 수 있구나' 싶은 마음입니다

지난날은 떠올리기도 싫을 만큼

지금 너를 통해 많은 감정을 배우는 일이요

이토록 잘해보고 싶을 수 있구나

이렇게 너만 볼 수 있구나

사랑의 정점을 찍게 해 준 마지막 한 사람에게 주고 싶은 타이
틀입니다

다 해낼 수 있을 것 같은 것

해맑은 아이 같다가도 중요한 상황에서는 제법 진지하고 부드럽게 문제를 해결하는 나를 본 사람들은 모두 나의 현명함이 좋다고 했다. 어쩔 땐 천진난만한 아이인 것 같은데 어쩔 땐 내가 더 좋은 사람이 되고 싶게 하는 멋진 여자 같다고. 그중에서도 H는 가장 불안함이 컸기에 이런 나의 모습에 매일을 감동하고 새로워했다. 다른 날과 같이 새근새근 누워 자고 있는데 나를 와락 안으며 꿈꿨다고 말하던 H.

"꿈을 꿨어. 어떤 건물이었는데 불이 난 거야.
일단 너부터 찾았는데 없길래 다행이었어. 너도 위험하면 안 되니까.
당장 나갈 길을 찾으려고 내가 막 안절부절못하고 있는데 네가 바깥에서 나를 불러.
그러면서 아무 일 없을 거래. 네가 그 말을 해주니까 문도 열려.
그 예쁜 목소리로 '나랑 같이 방법을 찾아보자'라고 말해주는데 마음이 참 이상하더라.

그리고 정말이었어. 너랑 같이 가니까 하나도 안 무서웠어."

그 애는 평소에도 나를 앉혀두고 여섯 시간 일곱 시간을 재잘거리던 수다쟁이였다. 우리가 헤어지는 과정에서 [너랑 하는 대화가 참 좋았었는데] 라는 말을 하면서 울었을 만큼 나와 나누는 대화를 좋아했다. 그 애는 자주 일기를 써서 내게 선물했고 함께 하루를 쏟아 대화를 하고도 집에 돌아가는 길 신호가 멈출 때마다 장문의 카톡을 써서 보내줬다.

[다른 세상을 살아가는 기분이야. 동화같이.]

[나 원래 이렇지 않은데 너 만나고 마음이 한없이 불안해져.
꽤 많은 연애를 했다고 생각했는데 박여름.
이제야 신짜 사랑인 걸까.]

[너랑 있으면 다 할 수 있을 것 같아. 같이 이렇게 걸으면 정말
뭐든 해낼 수 있을 것 같아.]

[특별한 사람.
나에게도 특별한 사람이 된 기분을 하나씩 만들어 주세요.]

나의 언어를 좋아했다. 불안해할 때마다 안아주는 내 품이 봄의 볕같다고 했다. 초조하고 불안해서 발을 동동 구르다가도 고개를 돌리면 늘 내가 있었다고. 가만히 보다 끄덕이며 '괜찮아. 아무 문제 없을 거야.' 라고 말해주니 세상이 더 두렵지 않다고 했다.

나는 정말 용감한 사람일까?
아니 너를 사랑해서 노력했다.

혼자 하는 일에서 한없이 예민한 내가 사랑하는 사람과의 여정에서만큼은 어른이 된다. 겁도 많고 잘 놀라는 내가 지상최대로 용감해진다. 책임지고 기쁘게 해 줘야 할 사람이 생긴 것이기 때문이다. 이제 내가 있음으로써 네 마음이 조금 더 편안해지는 것. 누가 묻든 주저 없이 나를 만나서 다행이라고 말할 네 모습을 확신하는 것. 나는 이 마음을 사랑이라 여긴다.

친구와 여행을 갔을 때, 연인과 세운 계획이 틀어졌을 때 피곤해, 망했다, 아쉽네 이런 말을 듣게 되면 마음이 이상했다. 이대로 의미 있는 경험이 될 수도 있다고 생각했기 때문이다. 그래도 우리가 좋은 마음으로 함께 하려던 것이기에. 안 좋아 보이는 상황에서도 뱉을 수 있는 좋을 말이 더 많다고 생각했다.

‘이렇게 꾸벅꾸벅 졸며 돌아가는 길이 나중에 참 많이 생각나겠다. 이것마저도 행복해.’ , ‘괜찮아 케이크 고정이 잘 안됐었나 봐. 우리 얼굴에 묻히고 떨어진 케이크랑 사진이라도 찍자!’ ’닿을 줄은 몰랐네. 다음에 다시 와서 먹어야 우리가 이기는 거야!’

함께 있으면 큰 문제도 작은 일처럼 느껴지게 해 주는 사람과의 시간은 중요하다. 사람은 정말 말하는 대로 된다고 믿는 편이기 때문이다. 괜찮아요, 뭐 어때요. 좋은 방법이 있을 거예요. 라며 좀 어려운 단계도 하나하나 깨다 보면 둘은 최고의 파트너가 될 것이다. 내게는 힘들어도 너랑 함께 힘들 수 있음에 감사해 본 적이 있다.

그런 사람과 함께 걸어가고 싶다.

좋은 사람을 만나야 하는 이유는 환경이 곧 내가 되기 때문입
니다
밝은 사람과 있으면 더 자주 웃게 되고 꿈이 있는 사람을 보면
덩달아 뜨거워지고
잘 들어주는 사람과 있으면 남에게는 털어놓지도 못할 말을 꺼
내며 솔직해지는 나를 보게 되는 거죠
다정한 사람과 있으면 나 또한 그래지고 술 없이도 잘 노는 사
람과 가까워지면 맛있는 밥과 커피, 수다만으로 한 사람과 충분
하게 깊어질 수 있다는 것을 배우게 됩니다
우리는 가까운 사람을 닮는 겁니다

너를 만나려고

빠른 친구들이 부러웠다. 말이나 걸음이 빠르다는 게 아니다. 어떤 상황이나 감정에 관한 판단 과정이 단순한 사람을 말하는 거다. 그래서 대부분의 사랑은 혼자 고민할 틈을 안 주고 문을 쾅쾅 두드리는 남자의 손을 잡으며 시작했다. 나는 매사 답답할 정도로 신중한데 넌 어쩜 그렇게 나를 확신하니 싶었다. 함께 하는 시간 동안은 나도 사자의 여자 친구로서 용감해지는 느낌이 들었다.

버스가 싫었다. 정류장에 서 있는데 기사님이 날 못 보면 어쩌지? 만원 버스 안쪽에 앉았다면 바깥쪽 사람에게 어떤 말을 히고 일어나야 하지? 하차 벨은 어느 타이밍에 눌러야 가장 덜 주목받게 될까? 그러다 벨을 못 누르면 그냥 다음 어느 정류장에서 남이 내릴 때 내리고 조용히 택시를 불러서 약속 장소에 갈 만큼 그게 힘들었기 때문이다. 나는 버스가 싫었다.

이제는 잘 다니지만 처음 혼자 카페에 가야겠다고 마음먹고는 반년을 이미지 트레이닝만 했다. 어느 카페에 갈지 정하는 것에만 한세월. 그 카페는 입구에 들어서서 왼쪽을 봐야 카운터가 나오는지 오른쪽을 봐야 하는지, 어떤 자리에 앉아야 사람들이 내게 가장 무관심할지. 어떤 메뉴를 시키지. 가서는 무엇을 하지. 나올 때는 어느 동선으로 트레이를 들고 걸을지…. 나는 새로운 일을 하기 위해선 늘 수천 번을 머릿속으로 연습해야만 하는 이상한 사람이다.

한 사람을 마음에 들이는 것에도 수많은 검증 과정을 비밀스레 거쳐야 하고 메인에 곁들여 먹을 사이드 하나 정하는 데도 오물오물 씹는 제스처로 맛을 상상해야만 직성이 풀리는 사람이다.

사자를 만나면 내가 답답한 사람이 됐고 사자를 만나면 밥을 먹다 자꾸 체했고 사자를 만나면 말이 안 통해서 서운했다. 사자를 만나면 상처를 받았고 사자를 만나면 내가 재미없는 사람이 됐다. 사자를 만나면 줘봤자 알아주지도 않을 것을 알기에 내가 가진 섬세한 표현을 아끼게 됐다.

짧게 만나 확 가까워진 친구들과는 오래 잘된 일이 거의 없다. 몇 년 전부터 일과 사랑을 하는 모습이 멋지던 그 언니와 4년 만에 친해진 것이 더 잘한 선택이었다. 갑자기 내게 온 기회는 높은 확률로 원래 주인공이 내가 아니었을 거고, 마감 임박이라며 구매를 재촉하는 광고는 일주일 후에도 두 달 후에도 내 추천 게시글에 등장한다.

알게 된 지 얼마 안 된 남자가 '만나볼래요?'라는 얘길 하면 싫다. 너는 그날 내가 아닌 다른 누구를 봤어도 오늘 이 고백을 했을 것만 같아서. 너는 내가 좋아서 사랑을 시작하는 것이 아니라 사랑을 시작하고 싶을 때 운이 좋게 나를 만난 것뿐이다. 그러면 너는 높은 확률로 이별의 통증이 긴 남자는 아닐 것이다. 나와의 사랑에서도 그러겠지.

거침없는 성격에 대한 동경은 그저 어린 날의 호기심.

나는 느리기에 느리게 걸어본 적 있는 사람을 만나야 한다. 나는 좋게 말하면 섬세하고 나쁘게 말하면 예민하기에 똑같이 그런 사람을 만나야 한다. 나는 말 하나에도 백 가지의 의미를 찾아내는 사람이라 내 말도 그렇게 담아주는 사람을 만나야 한다. 나는 자잘한 선물하는 것이 기쁜 사람이니 내게도 작은 마음을 자주 건넬 줄 아는 사람을 만나야 한다. 나는 사랑하는 이에게 최대한 많은 장면을 보여주고 싶은 사람이기에 내게 의미 있는 장면이 무엇일지 고민하는 사람을 만나야 한다.

외롭다고 아무나 만나지는 않는 지인이 내 주변에 많다. 예쁘고 멋지고 자기 일도 잘하고 속도 깊은데 잘 맞는 사람은 없어서 연애를 안 한단다. 예쁘고 멋지고 자기 일도 잘하고 속도 깊기에 그런 것이겠지. 잠시 연락을 시작하다가도 '만나긴 어려울 것 같아'라며 관계를 정리하는 모습을 보면 미묘한 감정이 든다. 인연이 있겠지. 이래야 제 인연을 놓치지 않을 수 있겠구나 싶고.

책임질 수 있을 때 사랑을 시작하겠다는 그 마음이 귀해서, 너무 귀해서 뭉클해진다.
그리고 어쩌면 먼 길 돌아 그 좋은 사람끼리 인연이 닿는 날이 올지도 모르겠다.

이렇게 말하고도 늘 삐끗합니다

한 사람과 아주 맞아떨어지는 기적은 세상에 있을까요?

저는요

여전히 사랑이 어려워요

그래도 너무너무 좋습니다

누군가의 팬

지역 축제에 내가 좋아하던 밴드가 온다고 했다. 그때 나는 매일 노래를 따라 부르고 그들이 나오는 방송이라면 비디오테이프에 녹화를 해가며 돌려볼 정도였기에 그날을 고대했다. 학교를 일찍 마치고 친구들 사이에 끼어 차례가 오기만을 기다렸다. 이 작은 도시에서 볼 날이 오다니. 그것도 우리 집에서 얼마 되지 않는 이곳까지 오다니. 우리가 이렇게 가깝게 있다니. 등장만 세 시간을 기다렸다.

하지만 기대와 다르게 허탈했다. 목소리는 참 좋았지만 이리 치이고 저리 치이는 탓에 제대로 볼 수가 없었고 맨눈으로 담기엔 너무나 먼 거리에 있어서 전광판을 통해서만 겨우 눈에 담을 수 있었다. 그래도 실제로 보는 건 처음인데 얼굴을 봐야지 싶어 꿋발을 들어봐도 실패했다. 우왕좌왕하는 바람에 제대로 노래도 듣지 못하고 얼굴도 보지 못했다.

결국 네모난 스크린을 통해서만 볼 수 있었지만 그래도 텔레비전으로 보는 것보단 가까웠으니 의미 있겠지- 이렇게 우리를 위로해 봤다.

공연을 마친 멤버들은 천막 뒤 보이지 않는 공간으로 내려갔다. 나오는 길에 볼 수 있나? 싶어 사람들을 따라서 우르르 달려가봤지만 철저히 가려진 공간에서 그들은 차에 탔고 크고 까만 차는 바로 출발했다. '벌써 다시 서울로 가나?'
집으로 돌아오는 길 괜히 기분이 이상했다. 이후 나는 전처럼 열렬히 그들을 좋아하지 않게 됐다. 그때 알았다. 연예인을 좋아하는 일은 나와 맞지 않음을.

짝사랑도 해본 적이 없다. 애초에 나한테 마음이 있는 사람에게만 마음이 간다. 누군가가 살짝 궁금해지다가도 그가 내 존재를 모른다는 생각에 갑자기 기분이 팍 상한다거나, 내 존재를 알아도 그에게서 먼저 큰 신호가 없으면 시작도 전에 식어버렸다. 나는 닫힌 문 앞을 기웃거릴 성격은 못 되는구나. 또 하나 배웠다.

좋아하는 연예인을 두며 살아가는 사람들을 볼 일이 더러 생긴다. 핸드폰 케이스 뒤에 좋아하는 가수의 사진을 넣는다든지 배경 화면을 해놓는다든지 돈을 주고 메시지를 받는 것에 참여한다든지 공연에 찾아다닌다든지. 내가 어릴 적 활동하던 스타를 여태껏 좋아하는 모습을 볼 때면 더 신기하다.

"저도 십 대 때 많이 들었죠! 아니 지금까지 좋아하는 사람 흔하
지 않잖아요.
어떻게 그리 오래 좋아할 수 있어요?"

'옛날 연예인을 왜 아직도 좋아하는지'를 묻는 것이라 생각하
는지 민망하게 웃는 모습을 보고, 나는 진지하게 한 번 더 질문
한다.

저 그냥 너무 멋지고 신기해서 물어보는 거예요.
한 사람을 그것도 가까워질 수 없는 사람을
오래 좋아하는 사람들에 대해 다시 생각해 보게 됐어요
저는 보답이 있어야 사랑을 지속하는 사람이더라고요.
비겁하게?
그런데 스타를 좋아하는 마음은 그게 아니잖아요
나를 알아주지 않아도 괜찮은 그 마음이 부럽고 신기해요.

-그러게요 시간이 훅 지나더라고요.

공연이나 행사도 자주 가시니 이름을 외워 주려나?-

-아니요 저 같은 사람들이 얼마나 많은데요.
그분들은 제 이름 몰라요.

영영 몰라도 괜찮아요?-

-괜찮죠 (웃음)

알아주면 좋겠는데.-

-저만 그 이름들을 알면 돼요. 그것으로 충분해요.

멋지네요. 얘기할 때 되게 빛나 보이네요.-

당신을 알아주지 않아도 괜찮냐는 나의 우스운 걱정에 그녀는 예쁘게 웃으며 이렇게 말했다. 그저 먼 곳에서 이렇게 좋은 노래를 불러주고 행복하게 살아가는 것만으로 자신에게 충분한 위로가 되는 것이라고. 그 사람을 좋아하는 시간을 통해 위로받았으니 그것은 그 사람이 준 것이라고.

행사나 글쓰기 수업 때 만나는 분들의 눈을 기억한다. <헤어지고 힘들었는데 영상을 보고 극복했어요> , <책 읽고 동생이 많이 나아졌어요> , <글을 읽고 너무 많은 위로를 받고 있어요> 내가 그들에게 힘이 되었다는 사실을 전해주면서 그렁그렁 눈물을 보이기도 하고 작은 손을 떨며 잡아달라 내밀기도 하신다. 그런 장면을 한번 보고 나면 나는 얼마간 꿈꾸듯 몽롱하게 살아간다.

손을 꼭 잡아주거나 한번 와락 안아주고 이름을 부르며 단정한 글씨를 남기고 집에 돌아와도 과분하고 과분해서 나는 기도를 시작했다. 일상 속 어느 순간마다 혼자 눈을 감고 이렇게 혼잣말한다.

내게서 힘을 받는 모든 사람과 그들의 가족분들이
건강하고 행복하기를 바랍니다

사람의 기운은 옮겨간다고 믿기 때문에 일을 할 때나 너무나 개인적인 일상을 보낼 때조차 나는 단정하고 따뜻하게 살아가게 됐다. 내게 감동하고 나로 인해 기뻐하는 사람들에게 줄 수 있는 가장 믿음직한 보답이지 않을까 싶어서. 내가 이렇게까지 하는 것 또한 팬의 마음이 얼마나 귀한 줄을 알아서.

사랑은 상대에게 보답을 바라지 않고 주는 것이라고 들은 적이 있다.
그렇다면 최고의 사랑은 팬심 같다. 그 사랑이 경이롭다.

누군가의 팬으로 살아가는 사람들을 보면 토닥토닥 무언가를 알아주고 싶다. 한 사람을 좋아하는 동안만큼은 무엇이 환기되는 기분을 느꼈을, 그래서 다시 힘을 내 열심히 살아갔을 그들의 일상과 고민을 나는 응원한다. 내 얼굴을 몰라도 내 이름을 불러줄 일 없어도 이렇게 그 자리에 그대로 있어 주기만을 바라는 사랑을 나는 경험해 볼 수 있을까? 아마도 설대 아니겠지. 니는 나를 알아주는 사람들에게만 시간을 쓰고 싶은 사람. 나를 모르는 누군가의 팬이 절대 될 수 없는 사람.

좋아하는 그것에 늘 충분히 위로받으시기를.
바랄 것 없이 무언가를 사랑해 본 경험만으로 당신은 멋지다.

거짓말

일 끝나고 나가려는데 문 앞에서 사람들이 웅성거렸다. 추운 겨울. 185 큰 키의 남자애 하나가 작업실 계단 앞에 쪼그려 앉아 있다. 내게 사과하기 위해서. 그래도 이곳은 나를 보러 온 사람들이 들락날락하는 곳인데 오늘 내가 일하는 날인 줄을 알면서도 이 앞에 취해서 앉아 있다니. 너무도 화가 났다.

‘앞에 누가 앉아 있어요. 아는 분이에요?’

‘아니요 모르는 사람인데.. 앞 건물 분이신가 봐요.
저희 조용히 내려가요. 쉿!’

수치스러웠다. 네가 잠에서 깨면 이 관계가 들통나기 때문에 나는 겁을 먹었다. 술에 취해 들키지 않으려고 살금살금 걸어 내려갔다. 집에 가는 길 내내 심장이 두근댔다. 너는 내 집을 알기 때문이다. 돌아와 씻고 쉬는 몇 시간 동안 다행히 아무도 오지 않았다. 해프닝은 끝이 났다는 사실에 안도했다. 몇 시간의 불면 탓에 다른 날처럼 새벽 다섯 시. 이제 조금씩 겨우 오는 잠에 안도하며 숨을 내뱉는데 똑똑. 누군가가 계속해서 문을 두드린다.

같은 층의 사람이 잘못 그런 것이라고 생각해서 가만히 기다려본다. 그런데 멈추지 않고 삼십 분이 울린다. 가볍던 소리는 쿵쿵쿵 - 쾅쾅쾅 - 덜컥덜컥. 무서웠다. 1층으로 내려가 귀를 살며시 가져다 대니 많이 듣던 목소리가 내 이름을 부른다. '여름아. 여름아.' 결국 문을 열어본다. 너는 미안해 미안해 엉엉 울며 내게 손을 뻗는다. 나는 그 모습을 보자마자 다시 문을 닫으려 안산힘 쓴다.

우리 함께 장을 보고 들어오던 남색 현관문 바깥에서 너는 울었다. 이 문을 열겠다고 떼를 쓰고 있다. 먼저 들이와 돌아서 문을 잡아주던 나는 이제 그 안에서 어떻게든 다시 문을 닫으려 발악한다. 문이 닫히면 다시 나를 보지 못하는 것을 아는 너는 계속해서 막는다. 나는 그게 이상하게 느껴져 결국 너에게 안 해도 될 모든 말을 꺼내 보인다.

한 시간 동안 실랑이를 벌이다 결국 굳게 닫았다. 그 앞에서 우는 너에게 나는 문 너머로 선언했다. 나에게 새로운 사람이 생겼다고. 사실 아닌데.

우리가 너무 잘 지내고 있을 때, 내가 그를 최대한으로 사랑하고 있을 때 걘 나한테 아주 커다란 거짓말을 했다. 연애가 행복했기 때문에 처음 사실을 알고도 한참을 부정했었다. 그러다 그에게 가서 질문했다.

"나에게 할 말이 없어?"

너는 없다고 했다. 계속 발뺌하는 너를 보며 하는 수 없이 내 입으로 모든 힌트를 준다. 나를 몇 번 더 속이려던 너는 계속 나오는 증거에 무릎을 꿇고 사과를 한다. 아 왜 무릎을 꿇어. 내가 정말 싫어하는데.

그 탓에 나는 흰 의자에 앉은 채로 너를 내려다보게 됐다. 20센티는 더 큰 네가 나보다 낮은 곳에 있는 그 모습이 그렇게 짜증이 났다. 사랑하는 사람의 무릎 꿇은 모습을 내려다보는 심정을 너는 아니. 그거참 역겹고 마음이 무너진다. 용서해야 할 일이 생겼다는 신호니까. 나는 그 상황을 극도로 더러워한다.

그러나 결국 다시 만났다. 나에게도 이별할 시간이 필요했다. 너를 사랑하기로 마음먹은 순간 하기로 다짐한 것은 다 털어내고 싶었다. 내가 안쓰러웠기 때문이다.

너는 그 이후로 모든 힘을 내게만 쏟았다. 나를 보러 올 땐 늘 꽃을 들고 있었고 선물의 빈도가 높아졌으며 매주 다른 내용의 긴 편지를 썼다. 나에게 헌신했으며 내가 죽으라면 죽을 수도 있는 듯이 나밖에 없이 굴었다. 1초도 떨어져 있기를 싫어했다.

원래라면 좋았을 그 사랑을 받는 내내 마음이 조여왔다. 내게 준 상처에 뒤늦은 책임감을 느끼는 게 이상했다. 그렇게 마음이 조금씩 식어갔다.
처음 한 달은 어떻게든 내 마음을 회복하려 노력했고 그다음 한 달은 서서히 너의 손길을 피했으며 마지막 한 달엔 너보다는 다른 사람을 마음에 더 길게 품고 있었다. 복수심에 다른 사람을 좋아해 봐도 도저히 마음이 나아지지 않았다. 못 할 짓을 하고 있다는 것을 깨닫고 나서는 정리가 됐다.

어느 겨울밤. 을지로에서 푸딩을 먹고 거리를 걷고 양식에 위스키 한잔하고, 당연한 듯 더 함께 있으려는 너에게 나는 말했다.

"오늘은 나 혼자 자도 될까?"

그러기 싫어하는 너를 두고 집으로 돌아와 문자를 보냈다.

[그만 만나자. 너를 보는 게 너무 괴로워.]

나는 너와 이별할 시간이 필요했던 것.

사랑하는 사람의 입에서 잘못했어, 숨긴 거 미안해, 무서워서 그랬어, 이제부터 진짜 널 위해 살게. 라는 말이 들리면 아 정신이 나갈 것같이 힘들다. 왜? 그러지 않았다면 할 일도 없을 그 말을 내게 하고 있어? 왜 처음부터 잘하지 못했어? 내가 다른 건 다 되는데 속이는 건 절대 안 된다고 했잖아. 겁을 주는 말이 아니라 진짜 못 본다고 했잖아. 정말 사랑하면 못 속이겠던데.

애인이 무릎을 꿇고 우는 모습을 본 적이 있는가? 나는 그것에 환멸이 난다. 문득문득 떠오를 때마다 지금도 같은 자세를 하고 내 앞에 털썩 주저앉아있는 듯한 기분이 든다. 그동안 내게 눈물콧물을 흘리며 나를 붙잡던 비겁한 몇 개의 얼굴들은 세상에서 가장 못나 보였다. 그것은 아주 초라한 실루엣. 본 적 없인 가늠도 못 할 만큼 초라하다.

일이 벌어지고 나서 오히려 더 헌신하고 나를 위해 사는 그 모습에 계속해서 상처를 받았다. 내가 겪지 않아도 될 아픔을 줘놓고 상처받은 나를 보고 어쩔 줄을 몰라 하는 모습에 안 해도 될 의심이 생겼다. 사랑하는 사람의 얼굴이 더럽게 느껴지는 기분을 느껴본 일이 있는가.

믿었던 무언가에 실망할 때 그게 내가 가장 사랑하는 사람이라는 것을 확인했을 때마다 무너진다. 학습이 안 되는 아픔이다.

여전히 나는 사랑을 모르겠다. 진짜 사랑은 존재할까? 우리는 완전하게 하나가 될 수 있을까.

사람들은 많이 아프고 힘들어 봐야 가진 것의 소중함을 깨닫는다고 한다. 그러나 무언가를 지키고 싶어졌을 때, 어린 나를 반성했을 때 그게 내 옆에 있다면 다행이지만 보통은 이미 떠나는 중이거나 영영 다시 만날 수 없는 사이가 된 이후다. 떠나야만 했을 어느 날이 되어서야 헌신하게 된다면 무슨 소용이 있을까. 잃어 봐야 깨닫는 것도 사랑일까?

그렇다면
내가 많이 힘들었으니까 너도 나를 평생 사랑해라.

단추 이야기

결심하는 데만 한 세월이 걸린 새 옷을 드디어 꺼내 입고 나서려고 하는데 단추가 하나 잘못 끼워졌다. 그때 누군가가 나타난다. 규칙이 있단다. 한번 잘못 끼워진 것은 다시 할 수 없다고. 나는 대답했다. 어떻게 하면 되죠? 그는 대답했다. 다른 옷을 입는 것밖에 없다고. 나는 울 것 같은 눈을 한다. 네? 하지만 그럴 순 없어요. 이 옷은 산 지 얼마 되지 않았는걸요. 그냥 이대로 한번 입어볼게요. 하는 수 없이 거리로 나서본다.

만나는 사람들이 물어본다. 괜찮니? 다시 끼우고 오렴. 도움을 주겠다며 손을 뻗기도 하지만 나는 막는다. 아니요. 아니요. 그럴 수 없대요. 이대로 지내야 한대요. 얼마를 이렇게 지내다 보니 적응이 되는 것도 같다. 문득문득 바람이 들이와 어긋난 이음새가 체감은 되었으나 별일 아닌 것처럼 느껴졌다. 바람이 들어오니 좀 시린데 그래도 버리기엔 너무 새 옷이다.

아빠에게 전화가 온다. 너 밥 먹고 다니는 거지. 응 먹지. 추운데 따뜻하게 입었어? 환절기엔 감기 조심해야 한다. 일교차가 커. 응 나 어차피 추위 잘 안 타. 잘 입었어. 내가 지금 조금 바쁘

네 나중에 전화할게. 벌어진 옷 틈을 손으로 꼭 쥐며 통화를 마무리한다. 얼마 후에 마주친 오래된 친구. 아니나 다를까 옷이 그게 뭐냐고 웃다가 별 반응 없는 나를 보고 진지해진다. 한 블록만 가면 있는 자기 집에 다른 옷이 있다고 주겠다는 선의를 극구 사양한다. 그다음에도 그다음에도 나를 만난 모두가 단추를 걱정했다. 다른 옷을 입지 않는 나를 이해하지 못하는 듯했다. 잘 알지도 못하면서. 걱정이 간섭 같게 느껴졌다.

괜찮다는데도 내 옷을 문제 취급하는 탓에 자꾸만 숨고 싶어졌고 쉽게 예민해졌다. 잘못도 없는 사람들에게. 아무도 날 그리 생각하지 않는다 해도 내가 그렇게 느꼈다. 새 옷을 어떻게 버려요? 제가 이 옷을 얼마나 오래 고민하고 샀는데요? 조금만 더 입어본다니까요. 불편한 거 모르겠다니까요. 듣기 싫어 사람을 피했다.

그 옷을 입고 모래바람이 불어닥치는 언덕에 갔고 불 구덩이를 걸었고 잘하지도 못하는 헤엄으로 바다를 건넜는데 어느 시점부터는 아무것도 기억나지 않는다. 분명 거의 다 왔었는데.

눈을 떠보니 내가 누워있다. 꽤 자주 본 것 같으면서도 여전히 익숙하지는 않은 얼굴의 한 사람이 옆에 앉아 있다. 얼굴에 흐르는 땀을 닦아주고 있다. 잠에서 깬 나를 알아챈 그 얼굴은 새 옷을 건넨다. 이걸로 갈아입어요. 단추가 두 개나 깨졌어요. 찔리면 아파요. 내 옷은요? 젖은 수건을 갈아주면서 말한다. 시선을 내려 천천히 내 몸을 보니 여기까지 오는 동안 옷이 마구 상해있다. 낡고 찢기고 어긋난 단추보다 커다란 문제가 더 많아졌다.

옷을 갈아입으려는데 손을 대자마자 단추가 톡 떨어진다. 이미 아픈 옷을 내가 아득바득 입고 있었구나. 벗으니 편안했고 새로운 옷이 보드라웠고 몸보다는 마음이 편안해졌다. 밖으로 나와 보니 나를 기다리는 그 사람. 훨씬 예뻐요. 보드랍죠? 맞지. 옷은 이런 거였지. 입으면 내가 보호받는 느낌을 받는 거.

그래도 처음 그 옷을 보았을 때 나는 너무 행복해서 그리 잘못 끼워진 단추의 옷이라도 벗기가 싫었다. 조금 불편할지라도 내게 특별하게 여겨져서. 그러나 그 선택을 놓지 않았기에 너무 많은 사람을 걱정하게 했고 그 사랑을 되레 성가셔했고 엄마에게 짜증 냈고 안 봐도 될 눈치를 보며 피해의식을 키웠다. 어디서부터 잘못되었던 것인지. 이것은 단추 이야기다. 그 옷을 포기 못 해 나는 불행해졌고 많이 아팠고 하는 수 없이 그것을 벗음으로써 더 빨리 결심해야 했던 것들을 깨달았다. 정말 좋아했던 옷이었다. 이것은 단추 이야기다. 단추가 잘못 끼워진 옷을 입고 나가서 하루를 보낸 기분을 나는 안다.

이제는 그만 내려야 하는 것을 알면서도

좋았던 때를 놓는 것은 그리 간단하지 않았습니다

준비하는 방법은 배운 적 없었기 때문입니다

사랑을 시작하기 위해선

서로를 탐색하고 마음을 가다듬을 시간이 주어지는데

끝은 왜 이리 불친절하나요

헤어져야 하는 순간은

어느 한쪽에게 갑작스러운 경우가 많습니다

실망 배신

이런 것들이 비집고 들어오는 이별일 땐

말로 표현 못 할 배수의 고통이 생겼어요

저는 누가 저를 보면서

고맙고 벅차고 감동해서 우는 것이 좋지

미안하고 후회해서 우는 것이 끔찍하게 싫습니다

그런 얼굴을 보면 마음이 초연해졌는데

그거 사실은 초연한 것이 아니라

너무 빨리 박동해서 실감을 못했던 것 같아요

어떻게 이렇게 매번 아프나 싶습니다

마지막 한 바퀴

친구는 벌써 한 사람과 세 번을 이별했다. '너는 그 사람 때문에 괴로워라 하면서 왜 자꾸 만나?' 예전 같으면 했을 질문을 알아서 삼킨다. 바닥까지 파 봤는데 남은 게 하나도 없어야 네가 안 아쉬울 테니까. 너는 준비해 온 마음을 다 쏟아붓고 제자리를 찾아가려는 걸로 보였다.

스무 살 때 노래를 꽤 잘하던 친구는 멋진 가수가 되고 싶어 했다. 너무 잘한다, 잘한다라고만 하다가 길을 잃게 될까 봐 어느 순간부터는 박수를 크게 치지는 못했다. 오래 해도 반응이 없는 예술은 가슴에 품고 살아가야 할 때가 있다고 생각했기 때문이다. 하지만 오랜만에 만난 너는 여전히 노래하며 살고 있다. 너는 잠시 골몰하다가 '올해까지 하고 다른 일 시작하려고' 라고 말했다. 나는 가만히 끄덕였다. '무엇이든 될 거야' 라고 대답하면서. 너는 닳을 때까지 해 보고 싶었나 보다. 이렇게 안 하면 자꾸 뒤돌아서 노래를 부르고 싶어질 것을 아니까. 나는 무엇이든 너를 응원할 요령이었다.

한 사람과 만났다 헤어지기를 반복하다가 정말 뚝 하고 끊겼을 때 회의감이 들었다. 무엇을 위해 이 시간을 쏟았나. 그렇지만 낭비는 아니었다. 첫 이별 이후로 영영 볼 수 없었다면 불필요한 상상력에 더 많은 시간을 버리며 살았을지도. 우리가 이별하지 않았다면 어땠을까, 그때 네가 조금 더 너를 가만히 내버려 뒀다면, 그때 네가 보채지 않았다면 이런 생각으로 미화됐을 것이다.

가끔은 질릴 때까지 물고 늘어져 보는 것이 나을지 모른다. 우리가 가진 것을 소진하면 그제야 이것이 내 소관은 아니라는 결론이 날 수도 있다. 해 봐도 안 된다는 사실이 주는 허탈함은 잠시일 뿐 차라리 빨리 알고 미련을 털어내는 것이 현명하다는 것이다. 마음처럼 중단이 안 된다면 그냥 더 가 봐야지. '조금만 더 해 보고 내릴게요.' 말하고 오기를 부리다가 내가 갈 수 있는 곳까지 일어나지 않아야지. 해 보고 내리면 좋은 풍경이 있을 것이라 기대하면서. 미련 없이 여행을 마무리할 수 있을 것으로 기대하면서. 그래야 뒤를 덜 돌아본다.

첫사랑은 평생을 나와 함께 간다

좋고 보고 싶고 다 주고 싶고 기대하고 기념하고 감동을 배우고

다투고 풀고 울며 서로를 다시 안아주고

나에게는 너뿐이었고 네게도 나뿐이었지?

가끔은 너 때문에 너무 많이 힘들었지만

그조차도 내가 크게 사랑해서 그랬던

나의 강아지, 나의 나무, 나의 아빠야

네 덕에 내가 많이 자랐다

2부

인연의 타이밍

키다리 아저씨

대학 다닐 적 학교 바로 앞 고깃집에서 알바를 하게 됐다. 그때 나는 학교 생활을 제대로 하지 않았기에 친구가 많이 없었다. 피해 다니다시피 조용조용 지내느라 가끔 가게 앞에 나가 무얼 할 일이 생겨도 묵묵히 일거리에만 시선을 고정한 채 마무리하고 안으로 들어가는 것이 전부였다.

그날도 다른 때와 마찬가지로 할 일을 하고 들어가려는데 맞은편 가게 앞에 선 남자애가 나를 보고 손을 흔들었다. 우리는 아는 사이가 아니었기에 내 주변의 누군가에게 인사하는 것이라고 생각하고 그냥 넘겼다. 그런데 그다음에도 그 애는 내 쪽으로 손을 흔들었다. 손으로 나를 가리키며 갸우뚱하니 그 애가 웃으며 끄덕인다. 그래 너 맞다는 듯이. 잠시 고장난 채로 아무것도 못 하다가 어색하게나마 나도 손을 흔들고 쭈뼛쭈뼛 안으로 들어갔다. 그 애가 인사를 하며 웃어주던 것이 온종일 떠올라 기분은 좋았다. 나에게 왜? 소설 속 주인공이 된 것만 같았다.

사실 이미 알고는 있는 얼굴이었다. 학과도 단과대도 아니고 학교에서 이미 유명했으니까. 나 또한 그 애의 얼굴을 보고 저런 사람은 어떤 여자를 만날까 궁금했기에 모를 리 없다. 그 사람을 좋아하는 친구가 많다는 것도 알았다. 아무쪼록, 이유를 알지 못하는 채로 우리는 지나가다 멈추어 서서 손을 흔드는 사이가 됐다. 어떤 대화도 나누지 않고 정말 손을 흔들며 인사만 했다. 그 애와 마주치는 일은 꽤나 칙칙했던 나의 학교생활에서 기다려지는 순간이 되었다.

우리는 페이스북 친구가 됐고 그 애는 내게 드문드문 질문을 건네다가 연락처를 물어봤다. 그러나 따로 약속은 잡지는 않았다. 이유가 궁금했지만 이상하게 그대로 두고 싶었다.
대신 매년 내 생일날 선물을 보내줬다. 약산의 긴 글과 함께. 그래서 나도 그 애의 생일이 돌아오면 좋아할 만한 것을 고민해 선물과 짧은 연락을 남겼다. 우리에게는 몇 년 동안 그런 일이 반복됐다.

그 애가 군복무 시절에 나는 편지도 꽤 많이 보냈다. 그때 우리 사이엔 무언가를 물어보고 친구처럼 말하기가 어색했는지 내

일기를 적는 것이 전부였다. 오늘은 무얼 먹었는지, 좋아하는 오빠가 생겼는데 그 오빠 글쎄 박보검을 닮았다는 이야기라든지…. 괜히 부담스럽지 않게 다른 사람 이야기로 채워서 편지를 했고 그 후에는 다시 별 기억이 없다. 학교 다니는 내내 연애하느라 그 아이를 챙길 틈도 없었다. 그러다 열심히 사랑하던 남자 친구와 졸업 직전 헤어지고 오랜만에 다시 혼자가 된 채 상경한 해의 생일날, 반가운 이름으로 연락이 왔다.

[생일 축하해! 우리 이제 더 가깝네]

종종 주고받는 연락은 다시 시작됐다. 우리 곧 보자, 더위가 그치면 함께 한강을 걸을까?, 그때 맛있는 저녁 사는 내기하자! … 모든 말들에는 다음에 가 붙었다. 다음? 다음이 뭘까. 나는 슬슬 이 관계에 대해 의문이 들기 시작했다. 나와 가까워지고 싶은 건지 그저 놀이 같은 것인지 알 수 없었다. 이번에도 그 애는 정확한 날짜 없이 기약 없는 약속만 입으로 던져내고 있었다. 일단 일주일 후 유럽 여행을 간다고 했다. 다녀와서 보는 것이겠지 생각하며 다시 내 일상으로 돌아왔다.

유럽에 다녀온 그 애가 주소를 물어봤다. 선물을 왜 만나서 주지 않는 건지 싶었지만 그냥 알려줬다. 며칠 후 우리 집으로 선물과 편지가 도착했다. 유럽 여행 중 나를 위해 산 여러 가지의 펜과 숲이 그려진 노트. 자신의 것을 담기에도 부족한 여행에서 선물을 사 오는 일이 얼마나 대단한지 나는 알고 있다. 게다가 그냥 선물도 아닌 글을 쓰는 날 위한 고민이 담긴 물건들이니 더 아꼈다. 그러나 그 애는 여전히 만나자는 말은 안 했다.

어쩌면 나를 불편해할 수도 있다는 생각에 더 궁금해하지 않았다. 그러다 또 내가 연애를 시작하고 우린 얼마간 멀어졌다. 그렇게 1~2년 정도 별다른 연락 없이 각자의 삶에 충실했다. 점점 흐려졌다.

또 오랜만에 연락이 왔다. 이제는 연애하지 않는 섯인시 긴 편지와 함께 장문의 카톡이 왔다. 생일을 축하한다는 말과 하늘색 운동복을 보냈다. 러닝이 취미라는 요즘 나의 일상을 보았다고. 고맙단 답장을 주고, 그 해 그 아이의 생일날 나도 선물을 다시 보냈다. 더 긴 글과 함께.
그렇게 한두 시간 지났나. 전체 보기를 눌러야만 뜨는 장문의 연락을 받았다. 나는 바로 들어가 확인해 보았다.

[사실…. 대학생 때 너를 처음 알게 된 순간 내 인생에 처음으로
느끼는 감정을 가졌어.
이 사람의 밝은 분위기와 이 사람이 남을 대하는 태도를 보면서
말이야.
바라보는 짧은 순간순간마다 나를 보는 감정이 들며
머리가 복잡하기도 오묘하기도 했었단다.
네가 참 많이 궁금하면서 호기심이 생겼지만,
이기적인 마음으로 너에게 상처를 주는 일이 생기면 어쩌나
걱정 됐어.
이렇게라도 멀어지지 않고 응원하고 행복하길 바라는 게
내 최선이었던 것 같아….

네가 생일 때마다, 너에게 좋은 일이 생길 때마다
너를 축하해 주는 사람이 주변에 너무 많겠지만
나 하나가 그 기분을 좀 더해줄 수 있지 않을까 라는 생각을 했어.

··· (중략)

우리 꼭 얼굴 보는 일 있으면 좋겠다]

그 말이 고백 같았다. 답을 바라지 않는 뒤늦은 고백. 몇 년간 혼자 나의 착각일까? 싶어 애써 외면했던 이 알쏭달쏭한 관계가 착각이 아니라는 대답을 들은 것 같았다. 그의 여자가 되고 싶다는 생각은 한 적 없었지만 어느 날 갑자기 시작된 인사에 대한 해답을 찾을 수 없었기에 늘 궁금했다. 그리고 그 아이의 메시지는 지금은 나를 좋아한다는 뜻이 아니니 나도 더욱 편안히 답장을 보낼 수 있었다.

[그랬구나~ 혼자 조심스레 했던 추측이 어느 정도는 맞다는
생각에 괜히 더 특별하고 고마운 기분이 든다.
아마 나도 너와 같은 마음이었을 거라는 말이 가장 해 주고
싶네.
넌 모르겠지만 대학 몇 안 되는 내게 고마운 사람 중 하나야.
네가 큰 힘을 줬어.

...

네가 나에게 갑자기 인사를 건네줬던 처음 어느 날이
나는 아직도 문득문득 생각나.
잘 지내다가 언젠가 만날 기회가 있기를 나도 바라볼게.
하루 잘 마무리해.]

혹시나 말이 길어지면 감당하지 못할 상황이 올 것도 같아 더욱
깔끔하게 답을 보냈다. 그러고 얼마 간은 이상한 마음으로 일상
을 보냈다. 마음 한구석에서는 우리가 연인이 되면 어떨까 하는
상상도 했다.

나도 만날 만큼 누군가를 만나보았으니 오히려 이리 잔잔하게
오래 응원한 기억이 있는 이 친구를 만나면 이상하게 퍼즐이
맞춰질 것 같은 기분도 들었기 때문이다. 그러다 또 금방 지워
졌다.

시간이 흘러, 글쓰기 수업 신청 명단을 정리하는데 익숙한 이름
이 보였다. 너무 흔하지는 않은 이름이기에 밑으로 내려가 연락
처를 확인하니 내가 아는 그 애가 맞았다. 너는 나를 드디어 보
러 오는 거네.

그러나 우리는 지지리도 안 맞는지 그때 나에게는 또 잘 되어 가는 상대가 있었기에 별다른 신경을 쓸 틈이 없었다. 또 내게 는 특별한 친구이지만 혹여나 오랫동안 나를 응원했던 그 마음 이 우정을 넘어선 일일 수도 있기에 조심해야만 했다. 이쯤이면 우정이든 사랑이든 우리는 닿을 수 없는 인연이라는 생각이 들 었다.

그렇게 만났던 날, 나는 오히려 얼굴을 잘 볼 수 없었다. 수업 내내 그 애가 나를 뚫어져라 쳐다보는 것을 다 알고 있으면서 도. 그리고 수업 중 나에게 온 질문에, 연락하고 있는 사람이 있 다는 답변을 괜히 더했다. 은근하게 알려줘야 할 것 같았다. 눈 을 보지 못하고 말했다. 상상도 못 한 일이었을 텐데.

이대로 돌려보내면 후회힐까? 나를 보러 먼 곳까지 왔으니 끝 나고 밥 정도는 먹게 될 줄 알았을 텐데. 하며 머리가 요동쳤으 나 안 하는 게 맞는 시기였다. 옆에 아무도 없었다면 당연히 너 와 마주 앉아 대화를 나눴을 테지만….결국 수업이 끝난 후 그 애는 문을 나섰다. 심지어 다른 사람들보다도 뒤에 서서 나와 인사하는 바람에 가장 먼저 계단을 내려가야만 했다. 일부러 그

쪽을 더 보지 않았다. 모두와 같은 표정으로 같은 목소리로 인사하며 배웅했다. 그 애는 나가면서도 나를 쳐다봤다. 만날 그날이 왔는데 아무것도 할 수 없는 내 사정, 쌓아 올린 기대와 시간이 무색한 끝마무리로 나는 문을 닫았다. 8년 만의 만남인데.

창문 너머로 그 애가 차를 타는 장면을 보았다. 나에게는 그게 무언가 풀지 못한 숙제를 해결하고 이제 정말 여행을 떠나는 모양으로도 보였다. 그것이 우리의 처음이자 마지막. 그 후 오랫동안 소식이 없었고 나는 그때 만난 그 사람과 쭉 사랑하느라 바빴다.

그날 그 애가 처음으로 나를 보러 온 것은 분명 큰 용기였을 것이다. 내가 손을 흔들며 문을 닫고 그 애에게 다시 연락했다면? 아니, 우선 내게 알아가던 사람이 없었다면? 아니, 그 애가 딱 한 달만 일찍 용기를 냈다면? 이야기가 조금 달랐을까. 그렇지만 이토록 안 맞는 타이밍까지가 우리 인연이겠지.

결혼 축하해.

오래 혼자만의 시간을 보내다가 내 앞에 나타난 너. 괜찮은 것 같으면서도 네가 사랑하는 사람의 눈에 나는 불편한 사람일 수 있어서 도망치듯 친구를 끊었어. 어떤 흔적도 남기지 않고, 본 적 없는 것처럼 넘겼어. 이제 너의 행복을 마음으로 바라려고 해.

그렇지만 영원히 너는 나의 키다리 아저씨.

네가 해준 인사와 축하는 살아가다 힘이 들 때마다 내 편이 돼 준 거 알지. 가까운 적도 없었는데 가까운 듯 느껴지는 신기한 너를 떠올리며 나의 삶은 무척이나 즐거웠어. 그러니 잘 지내자. 네게도 어디에서든 행복하길 바라는 한 사람이 있다는 사실을 알아주기를. 너에 대한 글을 쓸 거라고는 상상도 못 할 테니 넌 이 책을 보지 못하겠지만 밀이야.

우리는 참 신기한 우정이었다.

별로 가깝지도 않았던 시절

나를 보고 집에 돌아가 나의 글을 찾아보며 나를 좋아해 주었나
봐요

어쩔 수 없는 마음으로 내 몇 번의 연애를 지켜보면서

마음으로 오래 안아주고 응원해 준 친구의 이야기입니다

사랑할 때마다 많이 울던 지난날의 제 곁에는 좋은 친구들이 많
았습니다

이별한 날 함께 있어 주겠다고 달려와 주고 밤을 새워 통화도
해 줬습니다

사랑에 서툰 어린 시절에는 이렇게 힘을 모아 버티는 법인가
봐요

고개를 돌리면 늘 있던 친구에게 오래 나를 좋아했다는 고백도
들어봤습니다

같은 마음이 아닐 것 같아서 말할 수 없었다고 하더라고요

더 늦기 전에 거절을 당하더라도 전하고 싶었다고 해요

예상한 대로 저는 그분의 마음만 감사히 받았습니다

어색해져 자주 보지 못하게 되었지만 아주 가끔 생각하며 우리

가 만났다면 어땠을지 상상하곤 해요

그는 참 좋은 사람이었으니까요.

다만 늘 깨달았듯이 닿지 않아서 붙일 수 있는 좋은 이름이겠

지요

정말 사랑하면 어쩔 수 없이 많이 부딪힙니다

실로 가까워져야만 알 수 있는 한 사람의 적나라한 모습을 보게

됩니다

그것은 매번 아름다울 수 없죠

그래서 마음을 눌러 봅니다

지금의 좋은 모습이 무너지면 어쩌나 두렵기 때문입니다

여러분에게도 그런 머뭇거림이 있있죠?

사랑을 떠보고 확인하고 기도하고 작은 용기를 내 보다가

마음속에 품고만 살아가게 된 존재가 있겠지요

어떤 이에게는 덜 좋아한 것이라는 얘기를 들을 수도 있는 일이

지만

우리 같은 사람도 세상에 있는 겁니다

나 때문에 울 것이 두려워 멀어지지 않을 거리를 맴도는 것..

정말 사랑하면 이상하게 저절로 되는 견딤인 것을 아시잖아요

떠나는 날 그 애가 어떤 말을 하려 했을지는 모릅니다

그래도 몇 년 만에 처음 보러 온 것이니 대단한 결심이었을 거

예요

나에게 오기 전 혼자만의 시간을 가져본 것이라는 재밌는 상상

도 해 봅니다

도무지 안 나던 용기를 끌어모아 내 앞에 섰을 텐데

하필 나에게 인연이 생기는 시점인 것까지가 이 글의 핵심입

니다

아쉬운 표정으로 돌아가서

몇 년 만에 새로운 사람을 만나 사진으로 선언하고

그때 그녀와 석 달 만에 결혼 소식을 전한 그 애는

이제 자신의 삶에 충실할 수 있을 것입니다

자신을 닮은 예쁜 아내와 아주 잘 살기를 바랍니다

지금 떠오르는 사람이 있으신가요

두 마음이 닮아 있을수록 여운은 깁니다. 만약 두 사람이 겁을 좀 더 줄였다면, 여자가 너무 많은 것을 걱정하지 않았다면, 만약 남자가 여자에게 너무 많은 칭찬을 하지 않았더라면, 여자가 일 년 더 일찍 그를 만났다면, 만약 그가 기다려줄 시간에 그녀의 손을 덥석 잡았더라면 둘은 지금 같은 곳을 여행하고 있을지도 모르겠습니다. 서로를 너무 배려해서 닿지 못한 마음이 있습니다.

[오케이 다시 한번 해볼게요] 중에서

짝사랑

시간이 흘러도 그 사람을 잊지 못하는 내게 누가 그랬다

이루어지지 않아서 착각을 하는 것이라고

너네도 만났다면 보통의 연인처럼 끝이 났을 거라고

그 말의 의미를 이해하면서도 그러고 싶지 않았다

다투고 울고 실망하다가 우리가 헤어져도

네게 사랑한다고 한번 말해볼 수만 있다면 나는 좋겠다

한번 너를 위해 살아볼 수 있다면

그 후의 아픔은 얼마든 견디고 이겨낼 수 있겠다 싶었다

아직도 혼자 남아 이런 일기나 쓴다

대상 항상성

어릴 때 아기는 엄마가 보이지 않으면 사라진 것으로 느낀다고 한다. 그래서 내내 내 옆에 있다가 잠시 자리를 비우면 엉엉 우는 거라고. 단순히 엄마이기 때문에 운다기보단 존재가 사라지는 것에 대한 공포가 큰 것이다. 온종일 최선을 다해 옆에 있다가도 자리를 뜨면 아이는 운다. 끝을 모르고 울어버린다.

그러나 다시 방에 들어와 나에게 젖을 주고 안아주고 이불을 덮어주는 것을 보게 된다. 돌아온 엄마는 여전히 같은 얼굴, 같은 반응으로 나를 대해준다. 아이 안에는 이런 경험이 쌓인다. 같은 자리에서 늘 다시 돌아와 나를 지극하게 돌봐주는 그 사랑을 확인하며 깨닫는다.

'엄마는 잠시 떨어져도 영영 사라지지 않는다.'

이것은 이제 엄마가 눈앞에 있고 없고를 넘어선 곳에서도 계속된다. 나를 보고 웃으면 좋은 엄마이다가도 나를 혼내면 나쁜 엄마이다. 그녀의 표정에 어린 마음은 밀착했다가 겁이 났다가

혼란스럽다. 그러다 시간이 지나며 또 알게 된다. 혼을 낸 뒤에 밤에 나를 토닥토닥 재워주는 엄마를 보며.

'나를 혼내도 여전히 나의 엄마이다.'

잠시 나를 다르게 대한다고 해서 이 관계가 끝나는 일은 아님을 학습한다.

보이지 않아도 존재한다고 믿는 힘. 이것은 대상 항상성이다. 어릴 적 이 경험이 잘 학습된 아이는 성인이 되어서도 관계를 안정적으로 유지할 수 있다. 멀리 떨어져 있어도 관계를 믿을 수 있고 잠시 다퉈도 '우린 완전히 끝났다' 라고 느끼지 않는다. 상대의 좋은 면과 실망스러운 면을 동시에 받아들일 수도 있다.

암 투병 후 크고 예쁜 별이 되신 어머니를 위해 아버지와 함께 근면한 삶을 살아왔던 W가 떠올랐다. 이제 볼 수 없는 사람을 떠올리며 그를 위해 잘 살아가겠다고 다짐하는 마음도 어떤 의미에서는 대상 항상성과 닿아있다고 생각하기 때문이다. 부자 는 각각 아내로, 어머니로 한 여자를 마음속에 지속되는 관계로 두고 있었다. 평생 우리와 함께 살아간다고 믿으며 안팎으로 부끄러움 없는 삶을 살고 있었다.

'나는 정말 엄마가 어딘가에서 보고 있을 거라 믿어' 라고 그때 네가 말했다.

그렇다면 내가 아는 사람 중 가장 씩씩한 게 안 어울리는데 가장 씩씩한 C의 이야기도 잘 어울릴까.

수업에서 C를 처음 보았을 때 그는 수줍고 조심스럽기만 했다. 그러나 한 번도 늦은 적이 없었고 사람들이 말을 할 때 뚫어져라 바라봐주던 것이 인상적이었다. 그 시간 자체를 눈에 담고 있는 게 느껴지는 따뜻한 사람이었다. 5주 동안 각자의 고민을 나누며 시간을 보냈는데 ㄱ 주에 특히 C는 말이 직있다. 많이 기다린 시간이었다고 했는데 고민이 너무나 일상적이어서 의아했다. 그는 말했다.

-"특별한 고민이 없어서 이거라도 가볍게 말해요."

나는 C가 사실 다른 말을 하고 싶을 것이라고 생각했다. 진짜 고민은 따로 있지만 꺼내지 못하는 사람의 눈을 하고 있었기 때문이다. 물어볼까, 말까. 고민하다가 묻지 않고 기다려 주는 것이 사랑이라는 말이 떠올라 그를 만나고 돌아오는 방 안에서는 언제나 일기를 썼다.

[동생 같은 네가 행복하길.]

마지막 수업 날 그 애는 나가면서 "다음에 또 올게요." 라고 말했다.

우리는 또 볼 수 있었다. 다시 돌아온 그는 그때처럼 사람들의 이야기를 귀담아들으며 예쁘게 웃었다. 그렇게 3주쯤 지났나, 지난 수업처럼 이번에도 고민을 나누는 시간을 가졌고 드디어 C의 고민을 들어줄 차례였다. 이번에도 별로 고민이 없을까? 어떤 이야기를 할까. 생각하는 중에 들리는 차분한 음성.

"작년 8월이었어요."

어 이것은 지난번엔 들을 수 없던 이야기.

"오전 일 끝나면 점심시간에 아빠랑 밥 먹기로 했었어요.
수업 잘하고 이제 나가야지 하고 핸드폰을 보는데…"

그날의 사고로 C는 아버지와 영영 점심을 먹을 수 없게 됐다.
그게 반년 정도 되었을 때 나를 보러 문래동에 왔고 나를 일곱
번째 보는 날에야 이 이야기를 털어놓을 수 있었던 거다.

25년의 여름 이후 C의 삶은 흑백. 그러나 눈물을 닦을 시간도
없었다. 나보다도 어린 나이인 그는 차기 가장이 됐다. 그래서
기댈 틈 없이 바삐 살아갔다. 아버지가 하던 사업을 이어가야
했고 어머니와 시간을 많이 보내야 했고 자신이 하던 일도 해야
했으며 만나는 여인에게는 여전히 듬직한 오빠이고 싶었다.

우리가 알게 된 지 얼마 안 되었을 때 그는 '아 그런데 슬프진
않아요. 할 게 많아서요.' 라고 말했고 그 다음엔 '기계처럼 사
는 지금이 맞나 싶어서 이상해요.' 라고 말했고 또 그 다음엔 '네
네. 이제 괜찮아지는 것 같아요.' 라고 말하다가 내가 가장 마지

막으로 본 수업에서는 울었다. 어깨를 들썩이며 울었다. 그렇게 그날 집에 돌아간 그에게 새벽 연락을 받았다.

[아주 많이 힘든가 봐요. 덕분에 알았어요.
큰 위로 받았습니다.
혹시 힘든 일 생기시면 그땐 제가 여름 님 편 할게요.
저 또 갈 거예요! 아시겠죠! 잘 지내세요. 약속!]

내가 만들어놓은 빈칸에 가득했던 그의 그리움이 하나씩 마음을 훑고 간다.

아버지를 존경해요

아버지는 늘 최선을 다하셨어요

보고 싶은 우리 아빠

사랑하는 사람을 잃었다고 해서 그가 내 인생에서 삭제되는 것은 아니다. 우리가 보냈던 좋은 기억이 나와 평생을 가기 때문이다. W오빠와 C에게는 좋은 기억이 있다. 엄마가 직접 만들어 주신 딸기 우유를 마시는 것이 최고로 행복하던 기억, 아버지와 공원에 돗자리를 펴고 낮잠을 자며 엄마 생일 준비를 하던 것들.

아. 깊었던 너는 어쩌면 지금도 내 말을 듣고 있을지 몰라. 다 내려다보고 있는 거지? 한 번도 나를 떠난 적 없었으니까.

이런 믿음이 아주 무너지지 않게 지탱해 주고 있는 건지도 모르겠다.

다시 볼 수 없어도 함께 살아간다고 믿을 가치가 있는 사람을 인생에서 만났다는 것만으로 우리는 충분히 잘 살아온 것이겠지. 사랑을 잘하면 그런 것들이 남나 보다. 끝이 아니라 형태의 변화일지도 모른다고 믿는 마음, 더 이상 함께 걸을 수 없지만 절대 지워지지는 않을 귀중한 시간들. 형태를 넘어서 기억과 의미로 남을 때 우리는 성숙해진다.

아주 사랑했다면, 그럴 만한 사람이었다면 좋았던 시간이 남긴 따뜻함을 품고 앞으로 나아가야지.

누군가의 기억에서도 내가 평생을 함께 가는 사람이기를 바라

면서

매일이 오늘만 같으면 좋겠다며 잔잔하게 지내다가

아픈 일이 생겼다

교통사고처럼

생각해 보면 불행은 꼭 나를 방해했다

내가 잘 지낼 자격이 없는 사람이라고 말해 주는 듯이

쿵쿵 심장 소리에 잠도 못 자고

가만히 있다가도 눈물이 주룩주룩 흐르던 지난 날마다

나는 어떻게 이겨냈을까?

아무것도 기억이 나질 않는다

시간이 약이라는 말은

그 시간에 있는 사람들에게

아주아주 잔인한 말 같다

나아지겠지

하늘에서

나 보고 싶어 한다며
갑자기 떠나서 미안해

후회했어
더 따뜻하게 안아줄걸
최고의 기억을 많이 만들걸
미루지 말걸
조금 더 다정하게 말할걸
하고 말야

속상했던 일들.. 다 용서해 주라 응?

사랑하는 사람이 힘든 모습을
위에서 지켜만 봐야 하는 마음이 어떤 줄 아니
그러니까 너도 그만 후회해
잘 살아아야 해

그래야 내가 마음 편히 있을 수 있는 거야.

우리 함께한 시간

나는 정말 행복했어

여기서도 잘 지내고 있어

보고 싶을 때마다

더 따뜻하게 살아. 알겠지?

그립다.

다음에 한 번 꿈으로 갈게

그때 마저 이야기 나누자.

푹 자 오늘은.

추신.

이거 보면

눈 꼭 감고 나에게 마음으로 한 마디 해 주라

클로버

고등학교 2학년 때 글을 읽는 일이 생길 때마다 나를 지목해 주시던 선생님이 있다. '아나운서가 되면 좋을 것 같아. 네 이름이 뭐니?', '이 친구 목소리가 너무 예쁘지 않나요?' 선생님은 매년 매반에서 한 친구를 골라 이런 칭찬으로 수업을 이어 나가셨을 수 있지만 나에게는 그 말이 추운 겨울 등굣길 똑딱이 손난로 같았다. 말과 글 그리고 나의 목소리가 좋아졌다.

대학 다닐 때 깊이 만난 오빠가 있다. 그땐 나를 잘 알지도 못하는데 혼자 조용히 학교에 다니는 내가 밟혔는지 그는 인기척도 없이 내 주위를 맴돌며 잘해줬다. 그와 사귀고 들은 말은 여전히 내 삶의 명대사다.

"꿈이 생겼어. 웃을지도 모르지만…. 네가 걱정 없이 글만 쓸 수 있도록 돈을 많이 버는 거야. 내가 1호 팬 할게. 계속해서 너의 사랑을 알려. 네가 나중에 내가 질려서 어디로 도망가 버리더라도 명심해. 나는 네 팬이야."

살다가 좋을 때 나쁠 때 그날을 떠올리며 신발 끈을 묶는다. 너는 알까. 이젠 같이 달릴 수가 없어졌지만.

대학 다닐 때, 한 교수님이 종강 후에 긴 메일을 보내주셨다.

[잘 지내시나요? 성적이 나왔습니다. 제가 이렇게 따로
연락드린 이유는….
조별 과제여서 점수를 주는 것에 제약이 있었습니다.
학생 본인의 역량과는 무관하다는 것을 말해주고 싶어서
이렇게 메일을 보내봅니다.
박여름 학생은 글쓰기에 아주 소질이 있는 것 같습니다.
…(중략)…

혹여나 좋은 소식이 생기면 언제든 알려 주세요.]

태어나서 처음으로 교수님께 먼저 받아본 기다란 편지였다. 그 긴 편지는 여전히 내 중요 메일함, 갤러리, 마음 서랍 안에 있다. 나는 여전히 그 말을 꺼내 씹어 먹으며 살고 있다. 비타민처럼.

감사 인사를 전한 대상도 있고 그렇지 못한 사람도 있다. 나에게 참 커다란 말인데 그 사람은 기억하지 못할까 봐 두려운 마음이 큰 게 이유였다. 다시 찾아가 저를 기억하시죠? 라고 물었는데 당황하시면 어쩌나. 십 년이 더 되었으니 나를 알아보지 못하는 상황도 충분히 벌어질 수 있는 일이었다. 고맙다는 말이 하고 싶을 때마다 열심히 살았다.

시간이 흘러 나도 그런 말을 듣는 어른이 됐다. "여름 님이 해준 이야기가 생각나서 일기에 썼어요.", "네가 써 준 편지가 너무 힘이 돼서 벽에 붙여놨어.", "그때 너만 내가 할 수 있다고 해줬거든…. 네 덕에 이뤘다." 들을 때마다 감사하고 반가운 그 말은 나의 용기가 되고 각성제가 되고 글이 됐다. 그 말을 적어 벽에 붙여놨다. 좋은 일이 생길 때 슬플 때마다 꺼내 볼 수 있었다. 내 말도 누군가를 살게 하구나. 신기했다. 그런 말은 대개 힘을 준 문장보다는 지나가듯 뱉은 게 더 오래가는 듯했다.
되레 고마웠다. 다시 나를 찾아와 내 덕에 잘 되었다고 말해주는 일이 아 생각보다도 더 기쁘구나. 그리 대단한 말도 아니었는데. 나는 결심했다. 한 마디도 그냥 하지 말아야지. 조금 더 마음을 꾹꾹 눌러 담아 전해야지. 그 말이 오래 기억되는 것에 조금 더 의미를 더하기 위해서.

큰 무언가를 이뤄야만 그때 그 일이 고마웠다고 말할 수 있는 게 아니라는 것도 깨달았다. 감사 인사는 굳이 완벽하지 않아도 의미 있다는 사실까지 알게 됐다. 더 좋은 때가 오면 시작할 것이라며 미루다가 정작 아무것도 한 게 없을 때가 인생에 참 많았다. 이제는 나를 스쳐 간 모두의 좋은 점을 발견해 줘야지.

저는 느리게 말하는 것이 좋은걸요. 집중하고 싶은 목소리를 가졌네요. / 입을 가리고 말하는 것이 수달 같아요. 전혀 자신감 없어 보이지 않고 예쁘기만 한데요? / 말이 빨라서 좋아요. 저도 하고픈 말이 많은데 눈치 안 봐도 될 거 같아서. 대신 제 얘기도 많이 들어주실 거죠 ? / 네가 하는 일이 어때서. 그 근면함이 멋있다. / 우와. 엄청 친절하시네요. 사장님! 좋은 하루 보내세요.

칭찬이라는 것은 아주 쉬워 보이지만 생각보다 어렵다. 막상 하려고 하면 타이밍을 놓쳐서 못 하는 경우도 많기 때문이다. 너무 뻔한가 싶어서, 아직 이런 말을 건넬 사이는 아닌지 걱정돼서 고민하다 보면 시간이 훌쩍 지나있다. 그런 것을 알기에 때를 놓치지 않고 좋은 발견을 해 주는 사람들이 얼마나 대단한 사람인지도 알 수 있다. 아무도 알아주지 못한 나의 자잘한 부분을 예쁘게 봐주는 것. 그런 한 마디는 아무것도 아닌 날까지 불쑥 떠올라 마음을 토닥여준다.

자신에게 이렇게 예쁜 말을 해 준 사람이 한 명이라도 있었다면 그 사람은 행운아가 아닐까.

우리는 모두 아주 찰나에 누군가의 네잎클로버가 되었을지도 모른다. 내가 한 작은 말로 힘을 내며 살아가는 사람도 세상 어딘가에 분명하게 존재한다는 말이다. 한 사람을 살리는 것은 돈이나 의료 기술 혹은 세상에 하나 남은 마지막 가방이 될 수도 있지만 정말 이토록 간단한 한마디가 되기도 한다. 상냥하고 깊은 한마디.

고향 졸업

지방에 살던 사람이 서울살이를 시작하면 겪는 문제가 있다. 그것은 바로 오래된 사람들에게 상처받는 일.

고등학교 내내 각자 다른 꿈을 가지고 준비하던 친구들이 있었다. 우리는 같이 밥을 먹고 운동장 산책을 하고, 주말에 만나 독서실도 가고 서로를 응원하는 편지도 수십 통 주고받았다. 스무 살이 되어도 멀어지지 말자고 약속했다. 우리의 여정에는 체력의 한계도 있고 변수도 있기에 포부처럼 간단하지는 않았다. 그러나 서로 바라던 사람이 되어 살아가는 모습을 상상하며 버텼다. '넌 이런 게 잘 어울린다.' ,'정말 네가 아니면 그 일을 누가 하냐?' 하는 말들과 함께.

좋은 결과 덕에 더 좋은 선택이 가능했던 사람도 있었고 기대를 낮추어 타협해야만 하는 사람도 있었지만, 결국 모두가 바라는 길을 걷게 됐다. 하나 다른 점이 있다면 그중 나만 서울에 살게 됐다는 것이다. 이게 될까, 정말 될까? 고심하던 친구들은 막상 나의 소식에 놀란 듯했다. 멀어지기 싫은 마음에 가면 안 된다고 하다가, 가면 배신이라고 하다가, 네가 가면 우리도 서울 구경을 할 수 있냐고도 했다가, 나를 보내줬다. 자주 내려오라는 말을 두 배 더 하면서.

안 오면 빼고 놀 거라는 장난 섞인 말이 무섭고 서운해서 첫해에는 한 달에 한 번씩 꼭 내려갔다. 하루가 아무리 피곤해도 친구들에게 연락을 보내놓고 잠에 들었다.

어느 순간부터는 내 얘기를 잘할 수 없었다. 내가 경험한 것들은 모두 자랑이 되고 나의 도전과 노력은 피곤하고 막연한 뜬구름 잡기가 되었기 때문이다. 평생 비슷한 환경으로 살아간다고 여겼던 애가 한 번씩 멋진 일에 뛰어들고 멋진 남자 친구를 사귀고 열심히 모아 큰 소비도 할 줄 알게 되니 그저 싫었을까? 친구들은 아주 가끔 '서울 사람인 척하네. 넌 어쩔 수 없이 여기 사람이야. 고향에 있는 것이 잘 어울려. 알지?' 하는 말도 던졌다.

처음엔 보고 싶어서 종이비행기를 날리는 것으로 생각했다. 나는 그 종이비행기가 좋았다. 받아서 펼쳐보면 그것은 진심이며 사랑이며 멀어지기 싫은 마음인 듯했다. 비행기를 차곡차곡 모아놓으며 잘 지내다 만나고 싶은 마음을 더 키웠다. 그러나 어느 날 펼쳐본 종이비행기에서 나는 거미줄을 보았고, 콩알만 한 돌멩이를 보았고 또 어느 날에는 바늘이 있어 찔릴뻔했다. 이제는 더 이상 그저 어린 날의 종이비행기가 아닌 것을 알게 됐다.

모르는 약속이 생기기 시작했다. 나를 제외한 그들이 가벼운 일상을 함께하거나 여행에 가는 일이 생겼다. 처음 몇 번은 물어봤지만, 그 후로는 더 물어볼 수가 없었다. 바빠 보이나? 나를 자책하면서 그들을 이해해 봤다. 너무 한가한 일상을 억지로 만들어도 보았는데 아무도 나를 찾아주지 않았다.

시간이 흘러 다른 친구에게 듣게 된 말은 이제는 전과 같은 마음으로 나를 응원하지 않는다는 것이었다. 오히려 실패해 고향에 내려오기를 바란다고. 금방 접고 고향에 내려올 줄 알았는데 박여름은 참 운이 좋았다며 나의 걸음걸음을 안주 삼고 있었다. 바란 적도 없는 평가를 듣게 되었다. 내 일은 확실히 불안정하니, 잘된 사례가 적으니, 입지가 좁으니 나를 걱정해 주는 마음인 걸까.

다른 친구들이었다면 개의치 않고 계속해서 자리에 나갔을지도 모른다. 원래 여자들의 무리란 그렇기도 하니까. 다만 나는 그게 안 돼서 그렇게 점점 그 무리에 낄 수 없어졌다. 혼자서 아주 울었다.

고향에 가면 돌아오는 길이 불안했다. 이 아이는 나의 진짜 친구일까? 잘 올라가고 다음에 보자며 흔드는 손이 정말 뜨거울까? 언젠가 내가 데굴데굴 굴러떨어지려 할 때 그 손이 내게 넘겨주는 것은 동아줄일까 썩은 밧줄일까. 어린 여자가 홀로 큰 꿈을 가지면 견뎌야 할 숙명인가? 나의 꿈을 앞에 두고 쥐었다 폈다 고민도 해 봤다. 오래된 우정이 깨지는 것은 내 인생의 실패인 것만 같아서 쉽게 놓기도 힘들었다.

양손 바리바리 돌아가면서도 나를 진심으로 축하하는 사람과 그렇지 않은 사람을 알 방법이 없으니, 머리가 아파 미칠 뻔했다. 결국 그렇게 불안한 마음으로 사는 것이 무서워서 나는 고향에 잘 안 가게 됐다. 고향에서 서울살이를 시작한 친구들과는 오히려 더 가까워졌다. 그들에게도 나와 같은 고충이 있었다. 마음이 맞는 친구는 남아 있구나, 나라서 겪게 된 일만은 아니구나, 싶은 안도감의 뒤편에는 더 오래된 친구에 대한 상실감과 나에 대한 의문이 자리를 비켜줄 생각을 안 했다. 내가 정말 지키고 싶던 것들은 그들이었으니까.

대학에서도, 글을 쓰는 일을 하게 되면서도 동기, 여자 선배들, 특히나 또래 여자 작가끼리도 드문드문 이런 문제가 있었다. 이것이 웃긴 게 월등히 대단한 사람들은 나를 시기하지도 않는다. 너는 딱 내 수준이었는데 왜 올라가니? 싶을 때 사람은 늘 추하고 고약해졌다.

꽤 긴 날들 후에 다시 연락을 주는 친구들도 생겼다. 그 안엔 축하한다는 말이 있었다. 그들은 내가 잘될 줄 알았다고, 언제 밥 한번 먹자고 했다. 연락이 미울 줄 알았는데 나는 또 그러지도 못했다. 이제는 다시 나를 예쁘게 봐주는구나, 마음이 놓였다. 용서받을 잘못도 안 한 사람이 용서받았다는 생각에 안도한다. 진심일지 아닐지도 모르는 그 한마디에 나는 다시 네 팬이 된다. 나 같은 사람도 있나.

친구는 나를 예쁘고 자랑스러운 트로피처럼 주변에 자랑하기에 바빴다. '너 애 알지? 내 친구가 글을 써.'라고 말하면서. 그럼 나는 웃으며 친구의 기를 세워줬다. 그게 기뻤다. 하지만 일상으로 돌아와 혼자만의 시간을 보내면 마음이 텅 비어서 추웠다.

사람이 무섭더라. 나는 다행인 걸까? 불안한 걸까? 하고 싶은 질문이 많은데 본심을 듣는 것이 두려워 외면하고 싶은 걸까? 아무리 생각해도 마음이 문드러지는 것이 느껴져 관계 종료를 선언했다. 우리 사이엔 벽이 있었다.

인연에 유통기한은 있으며 사람의 마음이 늘 나와 같을 수 없다는 것을 인정하고 싶은데 잘 안된다. 나는 솔직하게 말해주는 것이 아파도 낫다고 생각하는 반면 세상 많은 이들은 너무 솔직할 필요 없다는 이유로 진심을 연기하며 산다. 그러나 그것은 누굴 위한 배려일까? 나 쟤가 싫고 미워 라고 말하면서도 이 마음을 들키기 싫은 것일 텐데…. 사람들은 왜 그리도 못마땅한 사람들과 아무렇지 않게 관계를 잘 유지할까.

선한 사람은 악을 모른다고 한다. 미움도 질투도 가져본 적이 없기에 남들이 나를 보고 그런 생각을 할 것이라고는 예상도 못하는 것이라고 한다. 그래서 감히 악을 본인의 선으로 덮을 수 있을 거라고 판단한다. 남들도 다 나처럼 생각한다고 믿는다는 거다. 나는 너희가 나를 싫어하는 줄도 몰랐다.

멀어지면 보인다. 정말 나의 어떤 행보도 응원하는 사람과 그저 본인과 비슷한 수준이라 곁에 두는 사람이 구분된다. 내가 어느 위치에 어떤 모양으로 머물러있든 나를 사랑해 주고 내 편이 돼 주는 건지 다시 한번 생각해 본다.

남들과는 다른 선택으로 나아간다면 당신 뒤에서 많은 일이 생길 수 있다. 처음엔 알 수 없다. <무궁화꽃이 피었습니다> 놀이를 하는 것처럼 당신이 뒤를 돌 타이밍마다 그들은 아무 일이 없는 듯한 표정을 짓고 있을 테니까. 그럼 알 방법이 없다. 멀지 않은 거리에서 볼 수 있는 것은 그들의 얼굴이 전부이다. 가까이에 있을 땐 웃는 얼굴밖에 안 보일 것이다.

조금 더 달려가서 돌아보면 서서히 사람들의 전신이 보일 것이다. 양손 흔들며 당신을 응원하는 사람늘, 옹기종기 모여 수군대며 다시 그들의 자리로 돌아오기를 바라는 친구들, 별 제스쳐 없이 본인의 삶에 충실하지만 돌아오면 기꺼이 안아줄 사람들. 울면서 무릎을 꿇고 기도하는 가족들까지.
당신이 골목을 돌아 사라진 줄 알 때, 그제야 사람은 진짜 마음을 보여줄 것이다. 그러나 사실 당신은 너무 멀리 가지 않아서 듣게 될 것이다. 모퉁이에 숨어서 말이다. 진짜가 보이면 외로울 것이다.

서른을 앞에 두고 많은 것을 정리해 보고 있다. 나라는 사람은 원래 언행의 불일치성에 취약하기에 마음에 있는 말만 하고, 없는 말을 할 바에야 그 자리에 안 나가는 편이다. 소식은 알아도 얼굴을 볼 것 같지 않은 친구들, 앞에서는 내게 웃지만, 뒤를 돌면 그럴 것 같지 않은 언니·오빠들, 위로 올라가는 나를 자꾸만 '너는 이곳이 어울려. 다른 사람이 되려 하지 마.'라고 하며 끌어내리던 친구들.
안녕. 우리 이제 졸업을 해요.

아직은 모두를 정리하지는 못했다. 이것이 현실적인 결말이겠지. 그러나 계속해서 나아갈 거다. 따끔따끔 조금 아파도 진짜 마음을 알아보는 눈은 생길 테니까. 그러나 지금의 사람들만큼은 변하지 않기를. 나를 진심으로 알아주는 사람들이기를. 내가 그런 것처럼.

"향수 가게에 들어갔다가 나오면 아무것도 사지 않았더라도

몸에서 향수 냄새가 난다."

-유대인 수업 책 중에서

어떤 사람을 스치기만 해도 그 향이 묻는다고 한다.

누구를 내 곁에 둘 것인가.

시절 인연

부모의 선택으로 한 동네에 나고 자라며 한 교실에서 만난다. 같은 놀이터와 문방구를 공유하고 불량 식품 한 알을 나눠 먹다 보면 우리는 단짝 친구가 된다. 생일 파티도 하고 준비물을 안 가져와서 벌도 서 보고 방학 때 함께 꽃과 곤충을 탐구하다 보니 너무 깊어졌는데 이제 헤어져야 한단다. 난생처음 나만을 위한 꽃을 선물 받는다. 졸업장이라는 것을 받아 본다.

설레는 마음으로 교복을 맞춘다. 그렇게 간 중학교도 옷 말고는 다를 게 없다. 그냥 살던 동네에서 배정받아 가까이에 살던 친구들을 알게 되는 거다. 서로를 소개하고 독서실 몇 번 같이 다니고 어른 흉내를 내며 화장 몇 번 하다 보면 다시 안녕. 이제 또 다른 학교에 가야 한단다. 어느 곳을 배정받을지 또 기다린다.

다시 새 친구들과 같은 일을 반복한다. 잘 맞아서 단짝이 될 수도 있고, 친구를 사귀어야만 하기에, 맞지 않는 퍼즐 조각처럼 무리에 머물러 버틸 수도 있다. 친구가 있어야 급식을 먹으니까. 하교 같이할 친구가 있어야 하니까. 수학여행 때 옆자리에 앉아서 갈 친구가 있어야 하고 조별 활동을 할 친구들이 있어야 하니까. 맞는 사람을 찾기보다 그들에게 나를 맞추는 과정이 반복됐다.

남다른 결정으로 자신만의 선택에 의해서 고등학교에 진학하지 않는 이상 이렇게 우리의 십 년은 예정되어 있다. 미숙해서, 몇 없어서 그 시절의 친구는 잃으면 안 될 것만 같다. 그렇게 적응했기 때문일까? 학창 시절에는 혼자가 되면 극도로 무서웠다. 잘 못 어울리고 있는 것 같아서.

성인이 되고 각자의 길을 걷다 보면 진짜 자신을 알게 된다. 그동안과는 다르게 나의 의지와 나의 취향을 고려해 선택할 수도 있다. 그렇게 해서 들어간 집단을 몇 차례 경험하며 점점 우리는 나와 더 잘 맞는 사람들과의 시간도 만나게 된다. 꿈이 같고 선택이 같으니 조금은 더 잘 맞을 수밖에 없다. 하지만 이조차도 대학은 같은 길에 놓인 경쟁자이기에 쉽게 멀어질 수 있다. 그렇다면 자리를 잡은 직장이나 그 너머 사회에서 우리는 진짜 소울메이트를 만나게 되기도 한다.

가치관이 확립되는 과정을 걷다 보면 어릴 적 친구들의 어떤 태도가 성가셔 보이기도 하고, 이전과 달라지는 그들의 취미에 놀랄 일도 생긴다. 내가 전혀 이해할 수 없는 삶을 택하는 모습을 보며 실망하기도 한다. 그럼에도 이해하고 버티는 사람도 있지만 나처럼 우리는 더 이상 그때의 우리가 아님을 받아들이고 인연을 정리하는 사람도 있다. 아무것도 몰라서 가까울 수 있었던 것임을 깨달으며.

시절 인연(時節因緣)

불교 용어로, 인연의 시작과 끝이 자연의 섭리에 따라 정해져 있다는 말이다. 특정한 시간과 공간의 조건이 맞아떨어질 때 일이 성사된다는 의미이다. 모든 인연의 시작과 끝에는 분명한 이유가 있을 것이니 집착하지 말아야 한다는 뜻이다. 언제가 되었든 내게 오는 인연이 끝이 아니라는 것을 깨달으면 마음이 나아진다.

만날 인연이었지만 오래갈 인연은 아니었다는 말이니 끝을 받아들여야지.

고민과 취향의 내용이 비슷하니 한 시절을 함께하며 오래갔을 거다. 상황이 달라지자마자 삐걱 댔으니 우리는 생각보다 참 약한 관계였을지 모른다. 우리가 가까울 수 있던 것은 그저 그때 같은 곳에 있었고 같은 나이에 같은 고민을 했기 때문일지도 모른다.

알게 된 기간과 관계의 깊이는 비례하지 않다는 것을 깨닫고 나

면 더 이상 지난 인연에 매달리지 않아도 된다는 것을 알게 된
다. 생각해 보니 슬프다.

그럼에도 사무치는 사람들이 있다. 너랑 나는 정말 특별했잖아.
우리가 봤잖아. 우리가. 우리가.

그러니 언젠가 다시 닿는다면 알려진 노래 가사처럼 한 번 더 이
별하자. 이도 저도 아니었던 아쉬운 이별을 제대로 하는 거다.

지금은 멀어진 사람들도 나의 한 시절을 가득 채워줬다는 사실
은 변함없다.

영원할 것 같던 친구들과 멀어지고 있다

일을 하고 대학에 가고 사랑과 이별을 하고

내가 어떤 사람인지 알게 되며

너도나도 예전같지는 않게 된 거다.

시절이 잠시 이어준 인연이었다는 사실에 허탈하고 서운해서

조금 더 붙잡아도 봤다

아마 내가 좋아한 것은 어릴 적의 네 모습….

지금의 서로는 너무 어긋나나 봐

그래도 우리 함께해서 즐거웠지?

책임감

아 글쎄 저는 이대로 내기 싫다니까요? -

-지금 우리 무시하는 거예요?

잘하고 싶어서 그래요.

사람들에게는 우리가 잘할 거라는 기대가 있잖아요 -

-그럼, 작가님이 와서 하세요.

무슨 말 같지도 않은 소리예요 -

- 그만 얘기합시다

밥도 먹고 술도 한잔하며 영차영차 하던 대표님과 사실은 정말 많이 다퉜다. 알고 지낸 시간은 3년 정도 됐는데 30번은 싸운 것 같다. 전화로 언성을 높이거나 텍스트를 공격적으로 주고받은 적도, 장문의 카톡으로 실망의 감정을 서로에게 전한 적도 있다. 그는 나의 연락에 응답하지 않으며 불쾌한 감정을 온몸으로 티 내곤 했고, 나는 열 살이나 많은 그에게 어느 부분에서 그 성격을 못 고치시면 사는 게 힘들 것이란 예의 밥 말아먹은 말도 했다.

그래도 그와 나의 암묵적인 룰이 하나 있다. '우리 꼭 그러는 거예요.'라고 주고받지는 않았어도 알아서 잘하고 있던 일. 너무 늦지 않게 사과한다는 것이다. 또, 다퉜다고 해서 '같이 못 하겠다.', '다음부턴 일하지 말자.' 따위의 말도 한 적이 없다. 끝엔 늘 악수하며 화해했다. 그리고 이렇게 말했다.

"우리 둘 다 잘하고 싶어서 그렇잖아요. 이번 거 꼭 성공시켜 봐요. 같이."

언젠가 어떤 지인에게서 그의 형 이야기를 들었다. 나와 마주 앉아 대화를 가장 많이 나누는 K다. K는 자신의 형이 일을 할 때 아주 못됐다고 얘기했다. 함께 일하는 사람들이 자주 바뀌기도 했을 정도라고. 날카롭고 예민하고 깐깐하니 일을 할 때만큼은 성격이 힘들다고. 난 그 말을 듣는 내내 그의 형이 멋져 보였다. 그 또한 힘든 것과는 별개로 그런 형을 존경한다고 했다.

더 좋은 것을 보여주고 싶은 마음에 깐깐해졌겠지. 잊히기 싫을수록 자신만의 규칙을 만들었겠지. 불안할수록 더 예민해졌겠지. 자신을 지키기 위해서. 지금 자신을 사랑해 주는 많은 사람들을 위해서 말이다.

지켜야 할 자리가 있는 사람들은 예민하다. 특히나 내가 이 삶의 가장일 경우에 그렇다. 경계를 풀면 일을 그르치고 매사 따뜻하면 묵묵히 잘하는 사람을 억울하게 만들 수 있다. 따끔하게 말하지 않으면 누군가는 괴로워하고, 오해하고, 상상한다.

만약 내가 공무원 박여름이었다면 어땠을까? 정해진 시간에 출퇴근하고 내게 주어진 일을 마무리하고 동료들과 밥을 먹고 가끔 회식하고 상사가 시키는 것을 해내고 후임이 들어오면 나의 일 어느 부분을 인계할 것이다. 설명이나 경위서 등의 책임이 따르기도 하겠지만 대부분의 일은 나 혼자 책임을 질 만한 일이 없고 소속원 중 하나이기 때문에 나만 바라보는 이에게 싱처를 줄 일은 없다. 리더가 아니라 팀원이기 때문이다.

책임져야 할 게 많은 사람은 고집이 있다. 자신의 세트장이 무너지면 안 되기 때문이다. 소품을 재배치하는 것이나 배경 구조를 바꾸는 것 모두 자신의 오랜 계획하에 진행되어야 한다. 재해나 낯선 등장인물을 통해 그게 무너지면 그땐 이미 늦는다. 이곳을 다시 고쳐나갈 사람은 온전히 나뿐이기에 규칙 있게 지내야 한다. 늘 출근해야 하고 늘 불안해해야 할지도 모른다.

바깥에서 만날 때는 생각 없이 웃고 즐겁다가도 일하는 공간에 들어서는 순간부터 모드가 전환되는 이들이 좋다. 그것이 우리의 책임이다.

우리는 서로를 좋아하는 만큼 서로를 배려해야 하고 우리는 서로 좋아하는 만큼 일이 종료되자마자 응어리를 잘 풀 줄 알아야 한다. 우리는 서로를 좋아하는 만큼 '이런 점은 내가 잘못했어요.' 말할 줄 알아야 하고 우리는 서로를 좋아하는 만큼 뜨겁게 안으며 털어버리고 다시 진지하게 만날 수도 있어야 한다. 내가 가진 것을 사랑하는 동안에는 이렇게 예민할 것 같다. 늘 친절하고 상냥하겠지만 말이다.

모든 일을 후회 없이 했다고는 생각 안 한다. 여기까지만 해도 될 것을 더 말했기에 누군가가 아파했고 그냥 5주만 참으면 됐는데 사랑한다는 이유로 상처를 줬다. 그냥 어른 말 들으면 되는데도 조금 더 잘해보고 싶어서 바락바락 대들었다. 그러나 나는 다시 돌아가도 그럴 것이다.

내게 강한 한 수는 어쩔 수 없는 선택이다. 내가 열심히 준비한

이 시간이 덜 멋져 보이게 만드는 것을 견딜 수가 없다. 그것은 내가 아니라 나를 선택하는 모두를 위해서이다.

그럼에도 하지 않았다면 좋은 말과 일들을 잘 고민하며 보내야지. 어느 정도의 불편함은 참고 사는 사람들이 많으니까. 아무리 화가 나도 웃으며 신사적인 사람들도 세상에 있으니까. 부정하지 않고 그런 것들을 좀 배워보려 한다. 지금 보다 괜찮은 사람이 되기 위해서.

사람이 완벽할 수 있을까?

3부

나를 이루는 것들

현정이

전북 고창에서 태어난 울 엄마는 위로 언니 두 명에 밑으로 동생 두 명이 있다. 누가 그러더라. 형제자매 중에서도 가장 사이에 낀 애를 샌드위치라고. 그 샌드위치가 가장 불쌍하다고. 맏이어서 사랑을 독점해 본 기억도 없고 막내로 태어나 어리광을 부려본 적도 없을 것이라고. 뭐 하나 역할이 없이 묵묵히 어울려야 한다더라고.

외할아버지 외할머니와 가장 많은 시간을 보낸 적 있는 큰이모, 일본 남자와 결혼해서 훌쩍 떠나 여행 같은 삶을 살게 된 둘째 이모, 할 말 또박또박 하고 오지랖도 넓어서 어린 나의 눈에 피곤하고 얄밉게 보였던 넷째 이모. 딸 넷이던 집에 귀하게 나타나 사랑을 독점하고 외국을 오가며 일을 하다가 이젠 예쁜 가정이 생긴 막내 삼촌.

그리고 나의 현정이,

엄마가 다 괜찮다고 하는 것이 그렇게 짜증이 났다. 외가 식구끼리 모여도 시끌시끌 이게 좋다 저게 낫다고 다들 자기 의견을 피력하지만 우리 엄마는 옆에서 가만히 기다린다. 투정을 부려서 무언가를 뺏어본 적이 없는 사람 특유의 너그러움. 엄마도 말해! 엄마 그냥 싫다고 해! 얘기해 봐도 엄마는 항상 옆에서 웃고 있다. 언니는 그런 엄마를 그대로 빼다 박아 화가 나면 얼굴부터 빨개지는 바보가 됐고 나는 그 둘을 보는 것이 속상해서 성격이 드세졌다. 처음부터 그런 것은 아니었으나 엄마와 언니가 못 하는 말을 내가 대신해야만 할 것 같아서 강하다고 자꾸만 나 자신을 세뇌했다. 실은 그렇게 단단한 애도 아니면서.

엄마가 엄마 집에서만 아무 말 못 하는 건 큰 문제가 아니었다. 본디 친정에서는 조금 양보하고 손해 봐도, 가족들만 행복하나면 그것만으로도 충분한 사람들이 많이 있으니까.

아빠네에 오면 엄마는 막내다. 제 집에서 막내면 춤을 추고 신이 날 위치일 텐데 하필 시댁에서 막내이다. 많은 드라마나 영화에서의 70년대 며느리가 그렇듯 우리 엄마도 혼자 대부분을 다 했다. 전을 부치는 것도 설거지하는 것도 반찬을 만드는 것도 과일을 깎는 것도 집에 모시겠다고 청소하는 것도 그러면

서 우리를 놀아주는 것도…. 우는 것도. 고민하는 것도. 다 혼자
했다.

그땐 손뼉을 치며 기뻐했지만 지금 와 보면 슬픈 순간이 하나
있다. 나 열 살 때, 매일 집에서 집안일만 도맡던 엄마가 집 앞
한의원에서 일을 하게 됐다고 했다. 일하기 전부터 신문을 보며
자리를 알아보고 전화를 돌리고 면접을 보고 오던 엄마를 나는
아무것도 모른 채로 응원했다. 엄마의 전화기에 함께 귀를 가져
다 대고 두구두구두구….

'출근하시면 됩니다.'

그 한마디에 엄마가 기뻐할 때, 아무것도 몰랐지만 나도 방방
뛰었다. 엄마가 좋아하는 것 같으니까. 엄마가 웃는 게 예뻐서
같이 뛰었다. 그렇게 해서 가질 수 있었던 당신 첫 직장. 내가
열 살에서 스물아홉 살이 될 때까지 근속하셨다. 일을 하느라
우리 엄만 해외여행도 가본 적 없다. 휴가 같은 것도 낼 수 없기
에 정말 매일 한 번도 투정 없이 엄마는 출근하고 퇴근하고 다
시 우리 집에 출근했다.

엄마가 너무 예쁘고 멋져서 나는 엄마가 되고 싶었다. 학교에서 존경하는 사람을 물을 때마다 나는 우리 엄마 같은 여자가 되겠다고 말했다. 엄마는 나를 위해 맛있는 요리를 해 주시고 엄마는 아빠를 내조하고 엄마는 키가 크고 눈이 크며 엄마는 가족에게 헌신해서 …. 엄마의 헌신을 기뻐하다니. 엄마의 헌신을 닮고 싶어 한다니. 돈이 어떻게 굴러가는지 알고 어른들이 얼마나 더럽고 사랑이 얼마나 가벼우며 한 번 받은 상처가 얼마나 안 씻겨 내려가는지 얼추 알 것 같은 이 나이가 되어보니 지난날이 후회된다.

'딸은 엄마의 인생을 따라간다던데…' 언젠가 들은 그 말이 너무 무서웠다. 내가 힘든 것이 무서운 것보다 내가 그러면 우리 엄마 마음 무너질 것 같아서다. 내 자식이 지금 나와 같은 일기를 쓰게 될 것 같아서. 그럴수록 결심했다. 일을 더 잘해야지. 더 많은 사랑을 받아야지. 큰돈을 벌어야지. 내 남자도 그래야겠지. 일 잘하고 생각이 바르고 성실해야지. 너도 나를 힘들게 하지 않으려면 돈 잘 벌어야지.

나는 꼭 부자와 결혼할 거다. 돈도 많고 마음이 넉넉한 부자와 결혼할 거다. 이렇게 엄마의 아픔을 본 여자의 꿈이 바뀐다.

사랑하면 그렇게 화가 나더라. 참 이상하지. 길을 헤맬 때 짜증부터 나고 싫은 소리 못 하고 참을 때 화가 난다. 핸드폰으로 뭐 하나 빠르게 주문하지 못하면 화가 난다. 밖에서 아무 말 못 하고 집에서 얼굴 빨개지며 숨이 거칠어지는 게 화가 난다. 길을 잘 찾아야 누가 무시 안 하지. 빨리 보내 줘야 거기서 뭐라고 안 하지. 차라리 밖에서 시도 때도 없이 아줌마들이랑 싸우는 쌈닭 엄마가 되어 보지. 그럼, 상처라도 덜 받지. 엄마는 그게 어쩔 수 없는 것이라고 설명했다. 엄마는 그런 사람이라고…. 그게 잘 안되니 내가 더 열심히 살아볼게. 내가 엄마 대신 목소리 높이고 엄마 대신 싸우고 엄마 못 했던 거 다 하며 살아볼게.

시간이 지나며 딸은 어른이 되고 강했던 엄마는 잃은 세월을 되찾으려는 듯 빠르게 아이가 된다. 그 좁은 등을 왜 이렇게 아프게 만들었는지. 그 어리고 예쁜 삼십 대 여자를 왜 이렇게 보채고 괴롭혔는지. 멀리 있는 우리 엄마 보고 싶을 때마다 열심히 살게 된다.

엄마는 이제 내 딸 같다.

사춘기를 지날 때였죠

비 오는 날이라 엄마가 우산을 쓰고 데리러 왔어요
친구 모두가 저를 부러워했어요

그때
엄마랑 친구같이 지내는 나를 드러내고 싶었는지
고맙다고 따뜻하게 대하지 못하고
너무 편히 대했던 기억이 있어요

비가 오면 떠오릅니다

아들은 두통을 주지만
딸은 말로 상처를 주니 더 힘들다는 이야기를 들은 적 있어요
나는 예민하고 영리한 만큼
조금 힘든 딸이었던 것도 같습니다

어릴 적 나의 모든 말 미안
엄마 이야기를 하는 김에 적어 봐

우리 잘살아 보자

신중한 아이

초등학교 때 살던 아파트 상가에 태권도 학원이 있었다. 그때 나는 같은 상가에 친구의 어머니가 하시는 피아노 학원에 다녔다. 수업에 갈 때나 수업 끝나고 나올 때 태권도장을 들어가거나 나오는 친구들을 보면 무의식적으로 몸이 움츠러들었다. 터벅터벅 걷는 소리조차 내게는 무시무시하게 느껴졌다.

내게 가장 역동적인 활동은 무엇이었나? 집에서 언니랑 소리를 지르며 싸우는 것? 스케이트 장에 가서 김연아 선수를 흉내 내 보는 것?

어릴 적 많은 학원이나 교회에서는 친구를 소개하면 쿠폰이나 달란트를 주는 행사를 했다. 태권도장은 신기한 것이 아무 때나 친구를 데려와도 된다고 했다. 학교가 끝난 후 태권도장에 가는 친구들은 언제나 '야 오늘 같이 갈래? 사범님이 데리고 오래.' 라고 말했고 몇몇 친구들은 방방 뛰며 그곳을 따라갔다.

나는 조용히 그들을 바라만 보다가 레슨 카드를 챙겨 피아노 학원으로 향했다. 종교 없이 친구를 따라 교회를 몇 번 가봤어도,

수학 학원 영어 학원은 가 봤어도, 태권도장은 궁금하지 않았다. 그곳은 내가 있을 곳이 아니게 여겨졌기 때문이다. 잘못하면 손바닥을 때린다는 말을 들었는데 나는 무언가로 맞는 것이 너무 두려웠다. 쨍한 색의 띠를 두르는 것보단 리본이 달린 분홍색 옷을 입는 게 좋았다. 다들 잘할 텐데 나는 작은 휴지 조각 하나도 발로 차본 적이 없는 겁쟁이였다. 누군가는 나를 답답해하기도 할 게 뻔했다.

그렇게 이 년쯤 흘렀나, 학교에서 친해진 언니 한 명은 내 눈에 제법 씩씩했다. 그간 한 번도 쉽사리 궁금해하지 못했던 나는 언니에게 자꾸만 질문을 했다. '관장님이 정말 화도 내세요?', '태권도장에서도 간식을 줘요?', '다들 발차기를 할 줄 알아야 해요?', '오리걸음을 잘 못하면 친구들 앞에서 혼이 나요?', '못해도 열심히 하면 괜찮은 장소예요?' 사실 나는 궁금했을지도 모른다.

그러다 용기가 생긴 하루, 친구와 언니를 따라 태권도장에 들어갔는데 10분도 못 있고 나왔다. 한 명씩 나와서 발차기를 해보자는 말에 겁이 나서 도망 나왔다. 마법같이 이후 한 번도 그곳이 궁금하지 않았다.

대학생 때 애육원 봉사를 다녔다. 어린아이들과 게임을 하고 운동을 하고 그냥 손을 잡고 산책도 하는 활동이었다. 아이들과 함께 있다 보면 가장 나 같은 아이는 눈에 잘 들어온다. 그런 애라고 하면 아무래도 가까이 다가오지는 못하면서 나에게 시선을 떼지 않는 아이겠지. 간식 시간에도 맨 뒤에서 멀뚱멀뚱, 그러면서도 상체는 앞으로 기울어져 있다. 넘어지기라도 할 듯이. 운동을 할 땐 '못 하겠어요.' 하며 작아진 목소리로 뒤에 숨고 손 들어서 맞히기 게임을 할 땐 손을 들 용기가 없어서 점수를 못 받는다. 혼자 손도 안 들고 정답을 작게 외친다. 네가 가장 먼저 정답을 말한 건 나만 보았지. 심지어 봉사자들이 집으로 돌아갈 때도 나서서 인사해 준 적이 없다. 그때도 맨 뒤에서 가만히 보고 있다. 눈이 마주쳐도 오래 가만히 있다가 간간이 손을 올려 흔들어줬다. 나를 닮았던 너는 그랬다.

일 년 정도 한 달에 한 번 보던 그 아이는 완전히 떠나는 날 달려와서 한번 꼭 안겨줬다. 아무 말 없이. 그리고 작은 발로 새로운 삶을 향해 걸어갔다.

그냥. 나는 원래 조금 답답한 사람이지. 하며 적응해 살다가도 고민하느라 무언가를 빼앗기고 포기하는 일이 반복되며 이런 내 모습이 단점으로 여겨지는 날이 있었다. 해도 될까? 고민하며 포기할 때마다 심장이 발밑으로 떨어지는 것만 같다. 해야 좋았을 말을 하지 못하고 오랜 시간 혼자만 품고 있는 감사함도 너무나 많다. 이런 마음으로 살아가는 중에 나를 느슨히 안아주는 듯했던 한 마디.

"신중한 거라고 생각하면 어때요?"

소란스러운 자리의 구석에 앉은 사람을 좋아하다. 고민 없이 잘 뛰어들고 자신의 기회로 만들 줄 아는 빠르고 멋진 사람들 속에서 조금 느리지만 충분히 탐색하고 고민하고 내 것이 맞는지 알아보고 싶어 하는 작고 말랑한 마음이 아이 같다. 그것은 실망을 주고 싶지 않은 마음? 아니면 피해를 주고 싶지 않은 마음? 그것도 아니라면 상처를 주고 싶지 않은 마음?

아가. 너는 소심한 게 아니라 신중한 아이. 너라고 뭐든 안 해보고 싶겠니. 잘 해내고 싶은 거겠지. 대신 너는 한 번 뛰어들면 대부분을 해내잖아. 너를 위해 그만해도 될 것을 제외하면 말이야. 책임감에 고민하는 문턱 앞의 작은 등을 내가 보았단다. 이렇게 멀리서 친구들을 구경하는 것만으로 하나를 배운 것인데 너는 아니? 그것만으로도 충분한 경험이 될 때가 있다고 말해주고 싶다.

매 선택이 후회 없을 순 없지. 너만의 방법으로 고민하고 도전하는 것을 응원한다. 실패, 좌절, 용기, 무모함마저도 응원한단다.

햇살

한 사람 인생에 볕처럼 등장하는 귀인은

그리 대단하고 거대하지 않다

그러나 등장과 동시에 내 삶이 환해지는 신기한 경험을 한다

상냥함과 따뜻함 그리고 진심

이렇게 별거 아닌 순간이 모여 사람의 삶을 바꿔 놓는다

이렇게 행복해도 되나?

이렇게 좋아도 되나 싶은 그런 사람

깊은 사람이 주는 힘은 참 크다

잘 지내는 삶

하루 종일 신나게 떠들고 헤어지기 전 이렇게 말한다.

"카톡 할게~"

예전에는 친구가 그 말을 해 주면 이어져 있다는 느낌이 들어서 기뻤다. 우린 내일도 만나 수업을 들을 테지만 내가 너의 일 번 친구인 것만 같아서. 모두와 친하면서도 단짝 친구는 하나 꼭 있어야지만 외롭지 않은 듯했다. 함께 있을 때도 그렇지 않을 때도 연결되어야 내 사람이라고 믿던 시절이 있다.

새로운 사람들이 모인 자리에서도 나와 통하는 한 사람을 찾아 내기에 바빴다. 그래야 이 자리에 잘 적응하고 있다고 느껴졌기 때문이다. 급히 공통 관심사를 찾아냈고 그게 없어 보이면 나는 갑자기 그 일을 좋아하는 사람이 되기도 했다. 다른 사람이 좋아할 만한 내가 되어 시간을 보내다 보니 예뻐 보이지 않았다. 눈치 빠른 누군가에게는 이런 내가 우스웠을까.

사람이 좋아서 자주 체했다. 상대는 원한 적도 없는 크기의 사랑을 주고서 그의 마음이 나와 같지 않을 때 서운해했다. 내 욕심에 줘 놓고 상대를 탓했다. 그는 처음부터 끝까지 그대로 했을 뿐이다. 그렇다고 내가 싫은 것도 아니었을 텐데 빠르게 뜨겁지 않다는 이유로 혼자 분주했던 거다. 눈치 준 사람도 없는데 나 혼자 눈치를 보고, 내 마음이 더 크다고 짐작 후에 실망하고, 저 사람은 정이 너무 없다면서 매도했다. 바라는 것 없이 사랑을 주는 사람이라고 말하면서도 누구보다 바라고 있던 것이니 나는 비겁한 거다.

요즘은 누군가와 급하게 가까워지려 하지 않는다. 오히려 몇 번의 만남 내내 내게 관심 없어 보이는 사람이 좋다. 더 확실히 말하자면 나를 비롯한 모두에게 관심 없어 보이는 사람이 좋다. 함부로 에너지를 쓰지 않는 사람의 마음을 얻으면 기쁠 테니까. 언젠가부터 나는 지켜야 할 것이 많이 없는 사람의 악력을 믿었다. 난 그 손에 쥐어지고 싶고 그 손으로 누군가를 지켜내 보고도 싶다.

주어진 시간 안에서만 깔끔하게 최선을 다하고 다음을 기약하는 사람과 지속하는 지금이 좋다. 함께 있을 땐 알 수 없던 사람의 다른 모습을 보는 게 흥미롭다. 그간 서로를 자세히는 모른 채로 보낸 긴 시간에 얽힌 일화를 듣는 재미도 배워간다. 우리는 서로 잘 맞는다는 것을 눈치챘으면서도 꽤 오래 참았던 것이겠지. 그것은 배려이고 이해며 믿음이다.

누군가를 긴 시간 알면서도 서두르지 않는 것은 꼭 무거운 신뢰 같다. 누가 누가 더 진지한 사람인가 하는 내기처럼. 하나, 둘, 셋, 넷…. 말이 없는 사람에게 시선이 간다. 그렇지만 분명 따뜻한 눈빛을 가진 사람. 모두에게 따뜻하지만 불필요하게 친절하지는 않은 사람. 들어가기 힘든 문은 쉽게 나가기도 어렵다는 말이 된다.

근황을 묻는 연락이 온다. 예전이면 다음 주? 그다음 주? 하며 빠르게 일정을 맞췄겠지만, 이제는 다음 계절이나 그다음 계절을 제안한다. '날이 조금 더 풀리면 볼까?', '가을 전어가 맛있으니 그때 볼까?', '우리 만나는 날 첫눈이 오면 좋겠으니까 12월 중순이 어때?'

옛날과 다르게 만날 생각이 없다면 이런 빈말을 건네지도 않는 성격이니 그런 건 걱정 안 하셔도 되겠다.

아무튼 그렇게. 각자의 삶을 잘 보내다가 일 년에 한두 번 만나 근황을 주고받는다. 이번에도 서로의 삶이 크게는 달라지지 않았구나. 그래도, 조금 더 잘 풀려가는 일, 나아진 가족의 건강, 마음에 들어온 한 사람 같은 것들은 있다. 작게 작게 변해가는 것 사이로 내 자리는 그대로임에 안심한다. 이래서 내가 너를 좋아하지. 너도 나를 좋아하는 거고.

살아보니 나쁜 사람 좋은 사람보다는 나와 잘 맞는 사람 그렇지 않은 사람으로 나뉘는 것 같다. 그 때문에 엄청난 위법을 하지 않는 이상 함부로 나쁜 사람이라고는 하지 않게 됐다. 나랑 진짜 안 맞다며 혀를 차는 일은 많지만.
이제 우리에게 필요한 것은 서로에게 좋은 사람을 잘 찾아내는 능력. 잘못하지 않은 상대를 잘못한 것처럼 만들지 않기 위해서 저마다의 온도와 속도에 맞는 사람을 잘 찾아 관계를 이어가는 것이 숙제이겠다.

사람은 최대한 근사한 환경에서 살아가야 한다. 내가 선택하는 것들이 곧 내가 되기 때문이다. 맞다고 생각한 일을 부정당할 일이 없기 위해서이고 벌어지지 않은 일에 힘든 상상력을 펼치지 않아도 되기 때문이다. 상대의 무언가가 불편하다면 그것은 상대의 잘못도 나의 잘못도 아님을 명심해야겠다. 다른 방향으로 생각하며 살아가는 것뿐.

이제 나는 이대로 흘러가도 내 마음이 불편하지 않은 사람을 알아채는 혜안을 길러야겠지? 아님을 받아들이고 각자의 삶을 존중하는 연습도 해 봐야겠지. 아무쪼록.

너무나 건강해서, 너무나 믿어서,
떨어져 있어도 마음 졸일 일 없는 사람들이 좋다.

어릴 때 수학여행이나 수련회에 가는 일이 너무너무 긴장됐어요. 버스를 탈 때마다 홀수로 다니는 친구들은 늘 누가 누구와 앉을 것이냐로 가기 전 몇 주를 마음 졸였거든요. 사실 혼자 앉는다고 단절되는 것이 아닌데 그 시절 우리는 약하고 불안해서 그 잠시 멀어지는 것이 그토록 어려웠나 봅니다.

배정받은 학교, 배정받은 반에서 어떻게든 내 친구를 한 명 이상 찾아야 했던 그때는 사실 나랑 잘 맞는지 생각이 올바른지 일과 사랑에 대한 태도가 어떠한지는 전혀 중요하지 않아요. 그저 즐거우면, 또는 얘가 나처럼 조용하면, 또 소위 잘나가면 우리는 친구가 되어 함께 화장실에 가고 급식을 먹고 쉬는 시간마다 수다를 떨었던 것입니다. 그렇게 하지 않으면 이상하게 수외되는 느낌이 들어서 하루가 아슬아슬했어요.

 이십 대에 들어서고 많은 친구와 멀어졌어요. 시간이 지나 자연스레 더 잘 맞는 친구가 생기고 버텨내야 할 집단이 생기며 서로를 잘 졸업하기도 하지만 '이런 사람인 줄 몰랐는데.', '돌아보면 얘는 늘 자기를 먼저 생각했지.', '얘가 왜 이렇게 됐지?' 하며 서로를 불편해하고 미워하고 험담하다 멀어지기도 합니다. 제가 끊어낸 적도, 저를 끊어낸 친구들도 있었네요.

말없이 저를 놓은 친구 중 대부분은 시간이 흘러 미안했다며 연락을 주곤 하는데요. 처음엔 그마저도 다행이고 반갑더라고요. 그렇게 다시 잘 지내고 진심으로 응원하지만 어떤 날에는 나를 미워한 이 친구에게 한없이 서운해지고…. 부쩍 덧없다는 생각이 들었습니다.

이제는 많은 친구를 둬야, 많은 선물을 받아야 행복한 것이 아니게 됐습니다. 지금은 몰라도 삼십 대에 들어설 제게는 사랑과 가족이 우선일 것 같아서요. 그 밖의 것들은 사실 자주 만나기도 어렵고, 주어진 에너지로 살아가기 위해선 우선순위를 설정하는 것이 중요하겠더라고요.

함께 있으면 내가 건강하지 않아지는 친구를 한 번 끊어봤고요. 하도 예민해서 기분이 나쁘면 언질 없이 잠적하고 다시 돌아오는 친구를 기다리는 시간이 외로워서 끊어봤어요. 아주 친한 친구였는데 주변 사람들에게 내가 하지도 않은 말을 꺼내서 내게 올 사랑을 빼앗아 가는 노력을 할 만큼 부지런한 친구를 한번 끊어봤고요. 얼마 전에는 왜인지 나를 자꾸만 의식하고 매번 그렇게도 비밀이 많은 친구 한 명을 또 끊었습니다.

 졸업이라는 것이 너무나 당연한 과정임을 깨달았지만 그럼에도 힘든 이별이 있어요. 오해를 풀지 못해서일까? 걔가 내게 득 될 것이 있기 때문일까? 이런저런 이유를 붙여보다가 나온 결

론은…. 긴 시간 내가 진심이었기 때문입니다. 나라면 안 그랬

을 것이기 때문이기도 합니다.

 그래도 전처럼 미워하지는 않고 그들의 안녕을 바라며 제 삶을

살아갈 수 있을 것입니다. 그래도 너를 통해 기뻤던 그 시간에

대해 감사함은 잃지 않고 딱 그 시기라서 닿을 수 있던 인연이

었지, 하면서요.

어른이란 참 매일 멀어짐을 연습하는 사람인 것 같습니다.

근황

매일 같이 만나 깔깔대며 웃던 친구가 곧 결혼한다. 너희 둘이 만나 사랑이 되던 그날부터는 이미 너의 친한 친구는 내가 아닌 그임을 나는 인정했다. 놀 만큼 다 놀고 서로를 바라보며 웃을 만큼 웃었으니 남은 평생 너의 단짝과 행복하길 바라. 그리고 힘이 들 때, 기쁠 때 언제든 알려주기를.
이제는 더 이상 무소식에 서운하지 않다. 우리가 더 지켜내야 할 삶이 생긴 것이겠지. 나도 부끄럽지 않게 잘 살아야지.

잘할 필요 없음

초등학교 때 교실에서 친구들이 자꾸 모르는 노래를 불렀다. 노란 풍선이 하늘을 난다고 하던데 나는 그런 동요를 배운 적이 없어서 자꾸만 심술이 났다. 자존심이 상해서 어떤 노래냐고 물어보지는 못한 채 떼창하는 모습을 부러워만 했다. 후에 알고 보니 요즘 인기 있는 아이돌 그룹의 <풍선> 이라는 곡이라고 했다. 대체 그게 뭐라고 이미 진 기분이 들었다. 괜히 심술이 나서 끝까지 그 노래는 모르고 싶었다.

그 후로 텔레비전을 보는데 반 애들은 아직 잘 모르는 다른 그룹이 데뷔를 했다. 이 사람들을 좋아하면 경쟁자가 많이 없을까? 나는 데뷔 초 그들의 모든 방송을 챙겨 보며 누군가를 좋아해 보기 시작했다. 아는 친구들이 많이 없었기에 내 사랑이 온전히 그들에게 갈 것만 같아 깊이 좋아할 맛이 났다. 이후 그 그룹의 활동이 잠잠해지며 더 좋아할 수 없게 되고 또 비슷한 이유로 다른 아이돌을 좋아하기 시작했지만 히트곡이 생긴 이후 너무 많은 팬이 생겨버려 또 졸업했다.

집에서도 그랬다. 언니는 나보다 피아노 학원을 더 일찍 다녔고 자전거를 일찍 배웠다. 이걸 제외한 대부분도 어쩔 수 없이 나보다 빨리 배웠다. 나는 늘 언니를 따라 나가서 한번 해 보는 위치였기에 우리는 같은 시간을 보내도 받는 칭찬의 비율이 조금 달랐다. 언니를 먼저 칭찬했을 뿐이지 '여름이 너는 소질이 없네.' 라고 하지도 않았지만 내가 알아서 그렇게 해석했다. 언니를 칭찬하는 말은 나를 칭찬하지 않는 말로 해석했다. 나에겐 해도 안 되는 일이라는 극단적 낙인이 생겼다.

함께 하고 있는 일에 누군가가 '지혜 잘하네.' 라고 하면 당장 하던 것을 내려두고 원래부터 그 일에 흥미가 없는 척을 했다. 그리고 언니가 아직 손대지 않은 다른 일들을 찾아다녔다. 찾아서 연습하고 어느 날 갑자기 가족들에게 보여주며 칭찬을 들으면 그제야 마음이 좀 나아졌다.

그때부터 난 가장 잘하지 않는 일은 일찌감치 포기해 버리는 버릇이 생겼다. 열심히 해도 나보다 잘하는 누군가를 이기지 못할 때 머쓱해지는 게 숙제 같았다. 결국 나는 시작한 일이 생각만큼 수월하게 해결되지 않을 때 답답함에 눈물부터 나오는 사람으로 자랐다.

다 큰 후에도 그랬다. 이미 나보다 잘 알고 있는 사람이 보이면 나는 그 일이 갑자기 멀게 느껴졌다. 우승할 수 있는 다른 것들을 계속해서 찾아 나섰다. 하지만 이 세상에 내가 1등을 할 수 있는 분야가 뭐 얼마나 많겠는가. 인제 그만 받아들이고 과정 자체를 즐길 줄도 알아야 하는데 이미 너무 늦어버려서 발악을 해도 안 고쳐졌다.

K는 이런 내 모습을 가장 가까운 곳에서 지켜보는 한 사람이다. 함께 즐기려 하는 일을 내가 잘 해내지 못할 때 눈물을 흘리거나 예민해지는 모습을 본 K는 가만히 나를 안아줬다. 져도, 잘하지 못해도 포기하지 않고 가만히 자리에 앉아 끝까지 집요하게 하는 K의 모습이 나는 신기했다. 문제 될 거 아니라는 듯 될 때까지 기다려 보는 K의 근면함은 이제 점점 나를 바꿔주는 것 같기도 하다.

아까 운 건.. 너한테 짜증난 게 아니라 그냥 나한테 화가
난 거야-

-뭐가 그렇게 속상했어?

알려주니까 잘하고 싶은데..
내가 잘하지 못하는 게 미안해서-

-처음부터 누가 잘해~ 나도 처음에 어렵더라.

못하는 게 생길 때 짜증이 안 나?-

-짜증 나지 그래도 원래 나같이 무식한 애들은 그냥 계속 해.
특별할 거 없어. (웃음)

다음에 다시 알려주라. 잘해 볼게.-

-응 다음에 또 오자.

전혀 문제 아니라는 듯이.

그때 내가 언니 옆에서 피아노를 서툴게 칠 때 '여름이 너도 하
는 것 보니 금방 잘하겠다~', '언니는 너보다 많이 해 봐서 그
래. 그러니 무엇이든 포기하지 말고 나아가면 된단다.' 라고 알

려주는 사람이 있다면 어땠을까? 나는 '못하는 사람'이 아닌 '그 길로 나아가고 있는 사람'으로 스스로를 생각하며 선두가 아니라고 해서 실패라고 느낄 일이 적지 않았을까. 좀 더 세심하지 못했던 어른들의 한 마디 한 마디가 떠오르며 서운해지기도 했다.

매 순간 뒤처지면 지는 것만 같던 지난날의 어린이.
너는 무엇에 그렇게 겁이 많아졌니.

당장 좋은 결과가 눈앞에 없다고 해서 내가 잘못 가고 있는 것은 아니다. 그냥 가던 길 중 한 장면일 것이다. 내 앞의 그 사람에게도 지금 이 길을 지나치던 순간이 있었을 텐데 왜 이리 마음이 불안해지던지.
가는 길이다. 나는 가고 있는 것이다. 자꾸만 내게 말해주면 불필요한 의심이 조금 사라진다. 버티는 힘이 만들어주는 결실이라는 것을 배우게 된다.

인생은 마음으로 지구 몇 바퀴를 도는 일이다. 당장의 순위는 결코 중요한 것이 아니다. 결국 마지막엔 정해지지 않겠냐고?

아니 순위라는 것은 평생 없다. 너무나 아득해서 우리 눈에는 평생 보이지도 않을 종점이다. 어쩌면 삶의 가장 마지막 순간에 서까지도. 그냥 계속 걸어 가면 얻어갈 것이 있을 거다.

피니시 라인이 없다는 건 실패도 없다는 것이다.

불필요한 걱정

오랜만에 연락했는데 싫어하면 어떡해?
나를 빼고 만난 것에 이유가 있지 않을까?-
-그러니 물어봐야지. 알고 끝내야지.

매사 최악의 시나리오를 생각하며 무언가를 행동에 잘 옮기지 못하는 나와 달리 친구는 화끈하다. 나는 늘 어려웠다. 나의 행동과 말을 기쁘게 친절로 받을 사람과 달리 세상에는 또 그렇지 않다는 사람들이 있다고 하니까 말이다. 오랜만에 연락해서 안부를 묻는 사람이 귀찮다는 친구의 고민을 들은 적 있고 자주 오는 손님에게 아는 체를 하는 순간 그 가게에 가기 싫어진다는 언니도 보았다. 누군가는 반갑다고 하는데…. 신경 쓸 게 너무 많아지면서 나답게 살 수가 없어졌다.

이 고민은 눈덩이처럼 커지고 또 커졌다. 나는 잘만 전했던 안부를 참게 됐다. 친구의 좋은 소식에 '축하해'를 쳤다가 뜬금없다고 생각할까? 싶어서 지웠다. 작년까지도 잘만 주고받던 생일 축하 연락을 올해 돌연 멈췄다. 답을 주는 것조차도 그 애에게 숙제를 주는 기분이 들었기 때문이다. 나는 점점 타인에게 에너지를 쏟지 않게 됐다. 말을 걸고 싶어도 참았다.

학교 다닐 때 일하던 닭조림 집 사장님은 우리 할머니 또래였다. 사장님과 사모님은 손녀 부르듯 내 이름을 부르며 편히 대해주셨다. 가끔은 정말 손녀에게 꾸중하듯 소리를 지르시기도 했지만 그것은 전혀 불쾌한 음성이 아니었다. 우리는 꽤 가족같이 그 시간을 함께했다. 학교를 관두며, '졸업해도 올게요.'라고 말했지만, 사모님은 '그렇게 말해도 아무도 안 오더라~ 너는 꼭 와. 알겠지?'라고 답하셨다. 그러나 막상 졸업하고 그 후로 많은 알바생이 또 머물다 갔을 생각을 하니 '나를 기억하실까? 내가 가면 반겨줘야 할 것이 또 일거리를 늘이는 것일까…' 이런저런 걱정을 하느라 미뤄졌다.

몇 년 더 지나니 이제는 하기 신중한 일에서 하지 못할 일이 되어버렸다. 지금 가면 나는 더 다른 모습이라 더 지워져 있을 테니까. 어느 날 갑자기 찾아간다 해도 순간 내 이름을 기억하지 못하시면 내게 미안해하실 시간이 생길 텐데 그것도 걱정이 됐다.

졸업 2년 후 같이 일하던 언니에게 이야기를 꺼냈다. 잘 지내시는지 궁금해서 가 보고 싶은데 고민이라고. 언니도 이제는 소식을 잘 모르지만 남자 사장님은 반년 전 돌아가셨다는 이야기를 들었다. 나는 더 후회했고 더 무서웠다. 사모님마저 안 계실까 봐 그게 두려워 그때는 더 못 가게 됐다.

그렇게 한 번도 그곳에 가지 않았다. 학교에 다시 가서 일하던 몇 곳을 돌던 날에도 그 앞에는 가지 못했다. 눈으로 마주하게 되면 더 힘들어질까 봐 비겁했다. 누군가는 답답해하겠지만 나에게는 어려웠다.

이것에는 나이가 중요한 것도 아니다. 다음에 꼭 만나서 케이크를 먹자고 약속했던 먼 친구 정인이에게서 부고 연락이 왔다. 네가 나랑 친해지고 싶댔는데 미뤄서 미안해. 언젠가 내가 쓴 책을 투병 중인 본인의 어머니께 선물했는데 정말 기적처럼 회복이 시작됐다며 감사 인사를 전하러 나를 찾아온 분도 있었다. '제가 꼭 다음에 직접 어머니를 뵈러 가고 싶어요.'라고 말했는데 하고 보니 부담을 주는 일일까 싶어서 연락을 결국 못 드렸다. 입으로만 하는 약속은 싫은 편이라 꼭 지키고 싶었는데⋯. 이놈의 생각 때문에 아무것도 하지 못했다. 그러다 또 시간이 훌쩍 지나버려서 이제는 어디에 계신 줄을 몰라 못 간다. 아마도 그는 내가 그냥 가벼운 말을 했던 거라고 서운해했을지 모른다.

보통 깨달음은 해야만 했는데 하지 못한 과거에서 만들어진다. 나는 눈치를 보거나, 시간에 있지도 않은 항상성을 기대하며 태평한 경향이 있다. 때를 놓쳐 더 이상 할 수도 없어진 일들이 늘어간다.

나에게도 그런 기다림이 있었다. 으레 하는 말을 잘 몰라서 누군가가 건네는 모든 말을 약속이라 받아들이곤 했다. 진심이 아니라는 의심조차 하지 못하고 한 장 한 장을 수집하여 주머니에 넣고 그날을 기다리던 기억들. 올 거야. 올 거야. 그러나 나만 기억하는 약속일 때도 있었고 상대에게는 약속이라는 개념조차 아닐 때가 많았다. 무언가를 뒤늦게 알고 혼자 터덜터덜 돌아가는 날이, 그러면서도 혹시 몰라 뒤를 계속 돌아보는 날이 많았다. 그 마음이 얼마나 서운한지 가장 잘 알면서 나도 같은 마음을 준 것이다.

그래서 생긴 버릇은 지키지 못할 말을 아예 뱉지 않는다는 거다. 나의 사정이 또 어떻게 될지 모르기 때문이다. 기억하고 있지만 눈치를 보느라 못 지켰다는 것은 결국 나의 사정일 뿐, 상대를 기다리게 만든 못된 일이었다. 그렇게까지는 바라지도 않았던 상대는 나의 말 이후로 무언가를 기대하기도 하고 들뜨기도 했을 것이다. 요구하지도 않을 것을 약속해 놓고 혼자 남겨지게 만든 것이 나다.

확실히 행동으로 옮기기 전에는 지킬 수 있다고 말하지 않고 오히려 함께하는 시간에 충실하게 됐다.

고민하지 않고 행동하는 사람이 되고 싶다. 있지도 않은 일을 걱정하며 쭈뼛거릴 때 '괜찮아요. 잘 봐요.' 하며 성큼성큼 남의 눈치를 잘 보지 않고 마음 가는 대로 경쾌하게 선택하는 사람이 부럽고 멋져 보인다. 생각해 보면 그리 걱정하지 않아도 될 일인데 무엇을 더 배려해 보겠다고 아무 행동도 하지 못했던 것인지…. 고민이 과하게 깊어지면 늘 아쉬움이 남았다. 쓰인 시간 대비 후회 없는 결과는 별로 없다.

고마운 마음은 너무 늦지 않게 전해야겠다. 있지도 않은 일을 상상하며 스스로 겁을 줄이는 일도 이제는 나에게 없기를 바란다. 용서는 미뤄도 보답은 미루지 말아야지. 헐레벌떡 달려오느더는 이 자리에 없던 아쉬운 사람들을 떠올리며. 미루고 미루다 영영 어색해져 버린 많은 얼굴을 떠올리며.

나만 특별하게 여겨 오버하는 것은 아닌지 걱정되고

스치는 사람이 많을 텐데 혹여나 부담을 주는 일일까 봐

머뭇거리게 돼요

사람이 다양하니

고민에 대한 결론도 자주 바뀌는 것 같아요

누군가는 과하다 싶게 고마워해야 만족했던 것 같고

또 다른 누구는 차라리 마음으로 하는 응원을 필요로 했거든요

적절하면 좋을 텐데

잘 보이고 싶으니 또 어렵나 봅니다

산뜻하게 마음을 전하되

기필코. 돌려받지 않을 수 있는 방법을

연구하고 있습니다

저마다의 타이밍

고등학교 1학년 때 학교 게시판에 방송부 모집 공고가 붙었다. 앞에 모여 웅성거리는 친구들 사이에서 내 머리는 분주해졌다. 공부하고 수업을 듣다가도 부름을 받고 달려 나가 그럴듯해 보이는 일을 하고 감투를 쓸 수 있는 활동은 나뿐 아니라 많은 친구에게 관심 대상이었다. 작은 경쟁을 뚫어 내가 되었다는 감정이 어깨를 으쓱하게 했기 때문일까?
중학교 입학 이후 사격부, 무용부, 도서부같이 여럿 가운데 소수의 인원을 뽑는 활동에 지원하는 일은 즐거웠다. 친구들과 함께 예상 질문에 대한 답변을 준비하며 한 달을 기다렸고 운이 좋게 나는 한 학년에서 네 명을 뽑는 방송부원이 됐다.

처음 석 달은 카메라를 배웠다. 이제는 이름도 기억나지 않는 크고 작은 모양의 카메라를 외워야 했다. 큰 카메라는 교장 선생님을 담는 것, 작은 카메라1은 국기를 담는 것, 2번은 ….정말 기억도 안 나는 수많은 기계를 하루 안에 입력해야 했다. 각각의 역할을 외우는 것은 어렵지 않았으나 실전이 괴로웠다.

줌인을 하다 뚝 끊기면 혼이 났고 화면 전환을 1초라도 늦게 하면 또 일어서서 한 시간을 혼났다. 해본 적 없는 일을 배웠고 그것을 익히는 과정에서 전문가처럼 매끄럽게 다루지 못할 때마다 벌을 받고 언니들에게 '잘못했습니다.' '죄송합니다.' 라고 말해야 하는 것이 좀 이상하게 느껴졌지만 별수 없었다. 방송실에 들어오고 나갈 때마다 너무 힘들다고 울던 것 기억 난다. 잘하는 다른 친구를 볼 때 깨달았다. 일이 어려운 게 아니라 내가 못하는 거였구나.

3개월 간의 수습 기간이 끝나고는 아나운서 테스트를 했다. 촬영하는 일에서는 친구들에게 빈번이 밀리는 것 같던 내가 아나운서 시험에서는 1등만 했다. 잘하는 것이 생기니 일이 전혀 힘들지 않아졌다.

학교에 다니는 2년 동안 나의 목소리가 교정을 채웠다. 심지어 수능 그 중요한 날까지도 나는 안내 방송을 맡아 했다. 내게는 이런 재능이 있구나. 이런저런 도전과 실패를 거쳐 잘하는 일을 발견하고 인정받을 수 있음에 기뻤다. 재능이 없다고 여겨 관뒀다면 영영 알 수 없었을 나의 멋진 목소리를 발견한 것이다.

방송 작가가 되면 좋겠다고 생각했지만 대학에 가서는 다른 문제가 생겼다.이번엔 자리를 펴놓고 '해 봐라!' 라고 하면 도무지 획기적인 아이디어나 재밌는 것들을 제시해 내지 못하는 성격이라는 것을 알게 됐다. 발표 수업마다 앞에 나와 멋있게 자신감 있게 스스로를 PR하는 친구들을 보며 재능의 한계를 또한 번 느꼈다. 별로인 듯 보이던 기획도 자신 있게 발표하면 또 그 자체로 콘텐츠 같기도 했다. 이 길은 내 것이 아니구나 깨달을 일은 많이 벌어졌고, 자존감이 떨어져서 휴학을 세 번이나 했다.

더 이상 미룰 수 없어 복학한 후 들었던 수업은 라디오와 관련된 강의였다. 라디오 프로그램을 직접 기획 후 대본을 써서 진행하고 직접 편집까지 해서 제출해야 하는 수업 때, 나는 자퇴 상담을 하러 학교를 오가던 학생에서 우수 학생 대우를 받게 됐다. 중간에 겪는 시행착오를 공개하지 않아도 된다는 안도감 덕이기도 했고 처음부터 끝까지 내 방식으로만 편히 구성해도 되니 긴장 없이 내 무대처럼 굴 수 있었던 것 같다.

'마음을 울리는 글을 쓰는 재능이 있습니다. 목소리나 발음도 상당히 깊습니다.' 라는 말을 들어봤고 '일상의 사소한 부분을 잘 발견해 내며 그것을 센스껏 풀어내는 능력이 커요. 방송가에서 볼 수 있기를 기대해 봅니다. 도움이 필요하면 말해요.' 라는 말도 들었다. 내 일은 결국 있는 법이구나 싶어서 다시 기뻤다.

다양한 시행착오를 거쳐 남들보다 '글을 쓰는 것이나 목소리를 내는 것에 소질이 있구나.' 라는 것을 알게 되고 나서부터는 잠시 정체되는 시기는 있어도 이 일이 아니면 안 된다는 책임감이 생겨 꿈을 잃을 일은 없게 됐다. 벽에 부딪히더라도 도망가지 않았던 순간은 늘 새로운 꿈의 시작이었다. 안 되는 것이라며 포기했다면 만나지 못했을 나도 몰랐던 재능들.

일이 잘 안 풀릴 때 너무 자책하지 않는 것이 중요하다. 새벽이 길다가도 어느샌가 햇볕이 드리우기 때문이다. 매일 춥기만 할 일은 없다는 듯이 무언가 꼭 온다. 여기 없나 싶어도 계속해서 나아가다 보면 수확은 늘 있다. 처음 꿈꾼 일이 아니라고 할지라도 말이다.
오히려 새로 발견한 그것이, 다른 길로 틀었던 결정이 내게 더 잘 맞는 좋은 길일 수도 있다.

우리가 계속해서 꿈을 꿔야 하는 이유는 그것을 이뤄야 하는 것
보다는 그 과정에서 예상하지 못한 재능을 발견할 수 있기 때문
이다.

저마다의 타이밍이 있다.

미움받는 사람

'원래 너같이 밝은 애들은 미움을 사.'

너무 티가 없이 친절하면 남들의 오해를 받는다고 착하게 굴지 말라는 충고를 받은 적 있다. 심지어 같은 이야기를 몇 번이나 들어봤다. 이것이 나인데 싶으면서도 무언가를 바꿔야 두루두루 잘 지낼 수 있다고 하니 나는 자꾸만 나의 성정을 다르게 연기해 냈다. 그때부터 괜히 사람들에게 간결히 말하는 법을 혼자 연습했다.

누군가가 나를 미워한다는 이야기를 들으면 마음이 불안해서 진정이 되지를 않았다. 화가 나고 욱해서가 아니었다. 아무리 생각해도 딱히 미움받을 일을 한 게 없었다. 미움받을 일을 한 게 사실이라면 사과를 하면 되는데 그것도 아니라는 사실에 겁이 났다. 사람들은 싫어하고 싶어서 이유를 만들어 내기도 한다는 것을 알았을 땐 무력했다. 결국 거의 모든 오해는 미제로 남는다는 것을 배웠다.

그러나 지금 나의 주변에는 밝고 맑고 티 없는 사람들이 대부분이다. 우리는 서로의 깨끗한 모습과 친절한 마음을 칭찬하고 그것에 감동하며 따뜻한 마을 안에서 산다. 그들은 나의 자잘한 것에 감사하는 부분을 좋아하며 나는 밝은 것이 아니라 환한 것이라고 정정해 줬다.

이런 마음을 경험하며 과거에 나는 운이 나빴다는 것을 알았다. 나와 다른 사람이 하는 평가 하나하나에 귀를 쫑긋 세우고 자신을 꾸짖어왔다. 정말 잘 모르고 있던 것이라면 몇 번이든 고쳐도 되었는데 나의 장점마저 눈치를 보며 숨기며 지냈다. 이런 면이 다른 이에게는 눈엣가시라고 했으니까.

오해를 풀어보고 싶던 어린 마음은 이제 그 사람보다는 잘 살고 싶다는 마음이 되었다.

누군가를 미워하면 그냥 사랑해 버리라고들 하던데 나는 그런 거 못 한다. 이유 없이 미워하고, 미워하고 싶어서 이유를 만들어 내던 그 친구들의 얼굴이 스칠 때마다 나는 꿈을 굴리고 굴린다. 등을 치는 질투심을 동력 삼아 나아간다.

모든 사람이 나를 좋아할 순 없지.

다만 나를 미워하는 사람 덕에 이만큼이나 멋진 내가 되었겠다.

지인이 나를 싫어한다는 얘기를 들었다. 화가 나기보단 서운했다. 나는 그 사람을 정말 좋아했기 때문이다. 그녀에게 상냥하던 내 모습이 초라해졌다. 사실대로 말해주면 좋았을 텐데.

친절한 척, 반기는 척, 눈으로만 웃고 돌아서면 나를 어떻게 평가할지 모르는 사람들이 싫고 무섭고 우습고 지겹다.

티 낼 자신이 없으면 사이를 잘 풀어야 하고 풀고 싶지 않으면 굳이 잘 지내는 척할 필요 없다.

나를 좋아하든 미워하든 투명한 사람이 더 편하다.

잘못한 날 혼나는 건 괜찮았지만
헤집어 봐도 아무 이유가 없던 날은 너무 어려웠습니다
친절해서 싫고 착해 보여서 싫고 잘 웃어서 가짜 같다는 그런
것들..

어떤 면을 바꿔야 연기라는 이야기를 안 들을까? 도무지 알 수
없어서 막막했어요
내가 살아온 삶에서는 누구든 이렇게나 다정해줬거든요

미움받기 싫어서 착하지 않은 척 굴었던 시간들이 떠오릅니다
그러니 신기하게 덜 미워하더라고요
그것을 알게 되었을 때부터는 더 이상 내가 아닌 척하기 싫어졌
습니다

이게 싫은 사람은
그냥 나를 싫어해 주기를 바라요
저는 웃음과 친절을 꼬아서 보지 않는 사람들과 함께 가고 싶습
니다

구김 없는 사람들과 함께하고 계시나요 어떤가요

김영호

김영호 씨에게는 어디야 라고만 물어도 한자리에 금세 모이던 친구들과의 시절이 있었다. 강의실, 당구장, 피시방, 자취방…. 어느 장소에서든 혼자 있어 본 일이 거의 없을 정도로 그 나이대 남자들은 늘 한 몸이다. 혼자 무언가를 하면 배신이라 여길 만큼. 여름이면 계곡에 들어가 호기롭게 물에 뛰어들었고 겨울이면 뭐 하나 제대로 된 장치도 없이 혹한의 캠핑을 하며 감기마저도 추억이라고 떠들다 지쳐 잠에 들었다.

찬 공기를 이불 삼아 드러누워 소리 지른다. '야!!!!!! 우리는 평생 이렇게 재밌게 살자.' , '저 새끼는 나이 먹어도 저러고 있을 거야.' 여전히 철없는 고등학생의 모양을 하고 잠에 든다. 누구는 직장으로 누구는 대학으로 각자 도전을 하고 각자 취업을 하고 속한 환경이 달라지며 전만큼 끈덕지게 붙어있지는 못했지만 그래도 시간이 되면 나오는 친구들을 보며 또 껄껄거리며 비웃는다. '그래 이 새끼 나온다니까ㅋㅋㅋㅋ' 눈 깜짝할 사이 삼십 대가 된다.

친구1. 어제 너무 조금 자서 힘들다. 다음에 보자.

친구2. 나 요즘 술 안 마셔. 몸에도 안 좋고. 언제 낮에 밥이나 먹자 간단히.

친구3. 나 지금 여자 친구랑 진심으로 결혼하고 싶어. 예전처럼 자주 못 본다.

친구4. 애가 좀 크면 맥주 한잔할 수 있을 것 같다. 너도 연애 좀 하고 인마.

한 명에게만 물어봐도 열 명이 달려 나오던 그때를 지나 이제는 한 명이라도 낚기 위해 열 명을 찾아야 하게 됐다. 김영호 씨는 저녁을 혼자 먹고 싶지 않다. 혼자 먹어본 적도 거의 없기 때문이다. 부르면 누군가는 이 자리에 나왔는데. 1차, 2차, 3차 끝을 모르고 놀다가 출근 어쩌냐며 집에 돌아갔는데. 에이. 비겁한 자식들. 에이. 잡혀 사는 것들. 괜히 친구들을 욕한다. 그는 멀어질 수 있음을 여전히 받아들이지 못하는 듯했다.

같이 놀던 친구들이 갑자기 책을 읽고 공부를 하고 투자를 하고 사랑을 하고 결혼을 한다. 어릴 적 순진한 마음으로 우리는 죽을 때까지 이렇게 지내자며 근심 없이 웃으며 한 약속에는 그다지 큰 힘이 없다. 그러나 이것은 약속을 깬 사람이 비겁하다고도 할 수 없다. 시간이 흐르며 내가 지켜야 할 것이 무엇인지를 알게 된 사람과 여전히 그것까지 잘 모르겠는 사람만 있을 뿐.

꽤 오래전부터 김영호 씨를 보면 말해주고 싶었다. 지금은 괜찮지만 분명 언젠가는 외로울지 모른다고. 이제는 다른 것을 지켜보겠다고 노력해도 되지 않겠냐고. 어쩌면 우리도 세상 어딘가의 김영호.

"밥 먹어 ~"

-야 나 엄마가 밥 먹으래.

　　　　　　　　　　　　어? 너 아까 안 먹는다며-

-그래도 들어가야 해. 혼 나. 나 간다!

학교 끝난 후 친구들과 놀이터로 달려가 그네를 타고 미끄럼틀에 드러눕고 콩알만 한 총알을 피하며 소리를 지른다. 오늘은

나 몰라라 밥도 안 먹고 놀겠다던 친구들이 하나둘씩 빠져나간
다. 나에게만 진심이었는지 순간 배신감에 울컥한다. 어디가?
어디가? 우리 저녁밥 먹고 돌아와서 여자애들이 꽃잎을 돌로
찧어 모래 떡국을 만들어 준다고 했잖아.

씨. 너는 가지 마라. 애들도 다시 나올 거야.

그러나 모두 가고 텅 비어버린 놀이터. 생각해 보면 김영호 씨
는 그때도 가장 마지막까지 남아 있었다.

서른다섯의 시간도 빠르게 지나간다. 이제는 그네 대신 쇼파에
앉아.

함께 살아가기

망원동에서 몇 번 간 적 있는 카페가 삼각지에 2호점을 오픈했다고 해서 다녀왔다. 역시나 밥시간을 비껴가서인지 사람으로 꽉 차 있다. 그 안에 들어오고 나가는 사람들은 내가 봐도 멋졌다. 입는 옷이나 드는 가방도 꽤 요즘 사람들 같다. 내가 너무 편하게 입고 온 것은 아닌지 신경이 쓰일 만큼 다들 멋을 부리고 들어왔다.

아냐 그래도 우리 제법 이곳에 잘 어울리지. 이러나저러나 너무 좋다. 솔솔 부는 가을바람이 커피와 함께 입에 들이오게 소옵하고 마셔 본다.

 잠시 후 입구 쪽으로 쭈뼛쭈뼛 다가오시는 어르신들.

"여기에 커피 가게가 생겼다는데"

"젊은 사람이 너무 많은데 우리는 다른 데 갑시다."

"맞아요. 이런 데 우리가 오면 싫어라 하는 거야."

"그래요 가요."

일어나서 전혀 상관없다고 말할까? 주문에 겁이 나지 않게 천천히 설명해 드릴까? 고민하던 중 이미 오른쪽으로 줄지어 대기 중인 사람들이 눈에 보여 가만히 있기로 한다. 기다려야만 한다는 것을 아시면 더 어렵게 느껴지실 것 같았다. 그날은 마음이 이상했다.

살면서 이런 감정을 느끼는 일은 적지 않게 생겼다. 참여하고 싶지 않은 땅따먹기 게임을 하는 기분.

만 원에 열 가지 반찬과 보쌈이 차려지는 백반을 먹으러 서울대입구에 갔다. 나는 다양한 경험을 좋아하는 사람이기에 가끔 이렇게 어른들의 맛집, 작은 시장 밥집에 돌아다니는 것도 꽤 좋아하기 때문에 어릴 적부터 자주 이런 곳을 찾아다니고는 했다. 친구에게 들어보니 이곳이 이번에 SNS에 소개되었단다. 그래서 그런지 주택가의 작은 식당임에도 불구하고 젊은 사람들이 꽤 많았다. 그래도 다행히 아직은 편한 차림의 어르신들이 더 많아 보였다. 주고받는 인사만 들어도 꽤 오랜 세월을 이곳에서 식사하신 듯 보였다.

-우리가 뺏는 느낌이 드네.

편히 밥 먹던 곳도 젊은 사람이 채워버리면 불편하실까?

아니면 좋으실까.-

-좋으시지 않을까. 아니다….

이곳도 이제 우리 공간이 아니라는 생각이 든다.-

이제는 어른들이 마음 편히 밥 먹을 곳마저 장악해 버리는 기분이 들어 괜히 불편한 마음이 들었다. 점점 우리가 편히 지낼 곳이 사라진다고 여겨서 혹여나 그러지 않아도 될 눈치를 보실까 봐. 얼른 먹고 나가자며 고개를 약간 숙이고 조용히 밥을 먹고 있는데

“공주님이 왔네? 할머니 냄새 나는 곳에.”

옆자리 할머니의 사랑 가득 담긴 눈이 보였다. 요즘 어린 사람들이 종종 오길래 반가웠다고 하시면서 함께 있는 기분이 좋으시다고 했다. ‘여기는 무말랭이가 맛있어.’, ‘어디 살아?’, ‘밥을 해 먹기 어렵겠네.’, ‘이렇게 다양한 반찬이 나오니 이만한 게 없겠네.’ 오랜만에 집에 놀러 온 커버린 손녀를 대하듯 반가워하고 들떠 하셨다. 혹시나 저희가 자리를 채우면 불편해하실 것

같아 걱정했다는 나를 보고 이렇게도 말해주셨다.

"우리는 좋아. 우리만 있는 기분이 아니니까~
이렇게 노인네들이랑 밥도 먹어주고 안 싫어해 주고 얼마나 기
뻐."

세상이 어려워진다. 빠르고 간편해질수록 발걸음을 돌려야 하
는 사람들이 생긴다. 느릿느릿한 것들을 그리 친절히 기다려 주
지도 않는다. 젊고 유행하는 것들이 늘어날수록 오래 지켜오던
것들은 사라진다. 빠져줘야만 할 것 같은 기분으로.
대화는 줄어든다. 가족이 아니고선 어른과 아이는 만나 대화할
일이 이제 거의 없다. 나이 먹은 사람은 나이 먹은 사람답게, 어
린 애들은 여전히 자기들끼리만 통하는 말로. 그렇게 선을 긋고
그으며 살아간다.

그러나 나는 함께 살고 싶다. 유행하는 노래, 좋은 도시의 소음
보다는 사람들의 다양한 목소리가 듣고 싶다. 다양한 모양으로
웃는 소리. 새순 같은 아이의 목소리에서부터 변성기를 겪는 중

학생 남자애, 이제 제법 또박또박 어른의 말씨가 된 스물아홉 여자, 아이를 처음 키우느라 언성이 살짝씩 높아지는 삼십 대 부부, 세월이 세월이라고 주름이 낀 듯한 더 어른들의 목소리 까지.

사방에서 그런 소리가 울려 퍼지면 좋겠다.

　　　　요즘 이런 것들이 있대요. 안 드셔 보셨죠? -
-나는 몰랐네. 이런 것도 먹어보네.

따뜻하고 둥그런 세상은 다시 올 것이라 믿으며. 먼저 살가워지 고 싶다.

전 여자친구

[ㅇㅇㅇ씨 전 여자 친구 맞죠? 저 ㅇㅇㅇ 여자 친구인데요.
오빠 좀 차단해 주세요. 오빠가 계속 찾아봐서요. 부탁드려요.]

친구들과 함께 있을 때 이런 연락을 받았다. 같이 있던 애들은
'네가 이겼다' 라고 하며 웃었지만 나는 그럴 수 없었다. 기분이
나빴다. 그녀가 아닌 나의 전 남자 친구에게 나빴다. 새로운 연
애를 시작한 사람이 전 연인의 근황을 찾아본다는 사실을 내가
당하면 최악일 일이기 때문이다. 잘 알지 못하는 한 여자를 속
상하게 했다는 사실에 잘못한 것 없는데도 미안해졌고 마음이
아팠다.

[아, 우선 너무 신경 쓰였겠어요.
그런데 저 전혀 신경 안 쓰셔도 돼요.
ㅇㅇㅇ은 차단했어요.
별다른 의미 없었을 테니 너무 속상해하지 마세요.]

7년 전 그와 헤어졌을 땐 이렇게 생각했다. 다음 사람을 만나도 영영 나를 그리워하라고. 새로운 사람을 만날수록 내가 생각나기를 저주했고 누굴 만나든 내가 남아 있어서 싸우는 장면도 기도해 봤다.

그러나 어린 날의 같잖은 바람과는 다른 어른이 됐다. 옳지 않은 대처로 전 연인과 현 연인이 기싸움을 하게 한다면 그것은 그 둘을 만난 한 사람의 잘못이 명백하다고 생각했기 때문이다. 우리가 다툴 필요 없는 일이라는 것을 알고 나서 나는 오히려 전 연인의 새 연인 편이 되려고 노력했다. 아무쪼록 당시의 선언과는 사뭇 다른 나의 대처에 스스로 놀랐다.

대학 시절 모든 연애를 아주 잘 알고 있는 동생이 있다. 그 애의 학과 선배는 그중 내가 가장 몰입해서 사랑한 상대였다. 때문에 그 사람 이야기는 빠지지 않고 등장했다. 그러나 최근 들어 내가 먼저 꺼낸 적은 단 한 번도 없다.

-요즘은 J오빠 이야기 안 하네. 이제 안 보고 싶어?

응. J는 이제 잘 지내고 있으니까. -

-어 완전 울면서. 근데 언니 놓치면 후회하지 당연히.

근데 후회 그거. 안 할 것을 깨달았어. -

-지금 여자 친구 아직도 만나?

응 그러더라. 그 여자분이 너무 예뻐. -

처음 연애 소식을 알고는 거의 일 분에 한 번씩 새로고침 하면서 봤다. 나를 만날 때처럼 사진을 자주 올리지 않길래 잠시 '나를 더 자랑하고 싶었을까?' 착각했지만 그게 아님을 곧 배웠다.

많이 사랑했던 사람에게 새로운 사람이 생기면 나보다 못나기를 바란 적도 있다. 혹여나 이별 후 시간이 흘러 다른 사람을 만나는 근황을 듣게 되면 사진을 찾아보다가 어떻게든 내가 조금 더 나은 부분을 찾아서 위안 삼았던 것도 같다. 그러나 얼마 전

부터는 전 연인들의 새로운 사람에 대한 시선이 달라졌다. 내가
가지지 못한 부분을 찾아내며 내가 졌다는 사실을 인정하는 과
정이 자연스레 따라왔다.

-언니 만날 때처럼 사진도 많이 안 올리던데? 여행도 거의 안 가
고.

그래서 내가 진 거야.-

-왜?

나 만날 때처럼 매주 어딘가에 데려가고 -
매번 예쁜 사진을 찍어 올리던 때보다
지금이 더 편할지 모르지~
이제서야 자신에게 맞는 연애를 찾은 것일지 모르잖아.

-아니지 J오빠가 하고 싶어서 한 건데.
내 생각에 박여름 이기기 힘든데.

아니. 지금 여자친구분이 이긴 거야. -

-이제 일말의 미련도 없나 보네

응 그것도 그런데 질투 섞인 추측으로 -
잘못도 없는 한 사람을 초라하게 만들고 싶지가 않아졌달까..

보여주고 드러내며 사랑하던 나와는 달리 그녀는 일상을 자주
공유하지도 않고 본인을 열심히 꾸미는 편도 아니었고 수수한
얼굴로 힘들이지 않고 셀카를 찍어 올리는 사람인 듯이 보였다.
그 모습을 보며 나는 좀 작아졌다. 그런 그녀가 그 애를 더 편안
하게 해주는 것 같다. 그녀는 그 애가 너무 크게 긴장하지 않을
수 있도록 자기 일에 집중도 할 줄 아는 멋진 여자인 듯했다. 잔
잔한 그들이 내가 한 것보다 더 사랑 같다고 생각했다.

시간을 돌릴 수 있다면 다시 만날 것이냐는 N번째 질문에 나는
처음으로 다른 대답을 했다. 전에는 너무 좋아했고 너무 힘들었
으니 절대 다시 만나고 싶지가 않다고 했었지만 말이다.

"응 다시 돌아가면 무조건 다시 만날 거야. 대신 이유가 좀 다른데.. 더 잘해보고 싶어서. 그때 내가 좀 더 힘들게 했던 거 다 안 하고 최고의 기억만 주고 이별하고 싶어. 너무 좋아했으니까. 어차피 이별할 거라면 덜 힘들게 다시 만나보고 한 번 더 그 애의 남이 되고 싶어."

나와 이별하면 아주 최악이기를 기도한 적이 꽤 있다. 그 마음이 여전한 상대도 있지만 진심으로 좋은 기억이 더 많던 몇몇 상대에겐 조금 다른 소원을 빌게 됐다.

부디 내가 잘못해 준 부분을 채워줄 에쁘고 멋진 연인을 만나기를. 또 그 사람들 또한 상대에게 그런 남자가 더 되어주기를. 내게 준 사랑보다 크고 좋은 사랑을 줌으로써 내가 신경 쓰일 겨를 없게 해주기를.

나를 위해서가 아닌 그 애를 위해서.

네가 이토록 사랑을 받을 만한 사람이었다는 것을 알게 해주고 싶다. 그 시간 속의 나도 꽤나 노력했겠지만 어렸을 테니까. 너를 위해 한 사람이 이렇게나 최선이었다는 기억을 선물하고 싶다. 아주 사랑했기 때문에.

이제는 앞으로 그를 사랑할 모든 여자를 조금 더 응원해 본다. 나보다 더 멋진 사랑을 주고 내가 받은 것보다 훨씬 깊고 세심한 사랑을 받으며 살아가기를 바란다. 질투 많던 아이는 이렇게 어른이 된다.

누군가와의 이별 후엔 배움이 남는다고 한다. 내가 이별을 통해 배운 것은 내가 최고가 아닐 수 있음을 드디어 인정하는 것. 함부로 그가 나를 잊지 못한다고 짐작하지 않으며 혹은 그렇다고 해도 기뻐할 일 아니라는 것. 누군가에게 상처가 될 만큼 한 사람을 완전하게 정리하지 못했다면 변명 없이 내 잘못이라는 것.

떠난 모두가 각자의 삶에 충실하기를 바랍니다.
이렇게 조금 더 나은 사람이 되어가는 것 같습니다.

두 번째 화살

각 종교에서 말하는 삶의 태도에 대해 어느 정도 이해하고 공
감하는 편이다. 사랑은 온유하고 오래 참고 자만하지 아니 한다
는 성경 구절, 다시 돌아오는 능력을 말하는 가톨릭의 용서와
회개, 통제 욕망을 내려놓는다는 이슬람교의 인샬라(inshallah),
지금의 선택은 언젠가 되돌아온다는 힌두교의 카르마, 내가 정
말 좋아하는 그러나 마음대로 절대 되지 않는 시절 인연까지.
딱히 한 가지 믿는 것이 있지는 않지만 저마다 다른 면에서 내
게 해답을 주곤 했다. 최근에는 불교의 화살 이야기를 새로 알
게 됐는데 꽤 흥미로웠다.

사람은 살면서 화살을 맞을 일이 생긴다고 한다. 여기서 부처는
화살이 두 개라고 말한다.

첫 번째 화살은 실제 내게 벌어진 일이다. 다시 설명하자면 삶
이 우리에게 던지는 것이다. 예기치 않은 말, 몸의 병, 오해, 관
계의 틈 같이 사고처럼 벌어지는 것을 말한다. 화살은 어느 날

갑자기 날아와 나에게 꽂힌다. 당연히 아프다. 놀라고 숨이 막히거나 눈물이 날 수도 있다. 그러나 이것은 인간이라면 부딪힐 수밖에 없는 정직한 고통이다.

사람은 첫 번째 화살을 맞고 이렇게 생각한다. '왜 하필 나야?', '누가 쏜 화살일까.' 내게 이런 화살을 쏜 상대를 찾으려 하고 내게 이런 일이 벌어진 것에 참담해하는 거다. 그러다 얼마 후엔 '왜 그 사람은 내게 그랬을까….', '그때 내가 이렇게만 했다면 달랐을까?', '다시 이런 일이 벌어지면 어쩌지.' 하는 생각까지 한다. 이것이 바로 두 번째 화살이다.

두 번째 화살은 우리가 이렇게 스스로 꺼내 들어 자신에게 겨누는 것이다. 상상이며 해석이다. 그리고 이상하게 첫 번째보다 두 번째 것이 더 깊이 오래 아프다.

체육대회 때 달리기하다가 넘어진 적이 있다. 무릎이 까지고 그 틈으로 모래가 다닥다닥 붙어서 쓰라렸다. 이것은 사고. 그러니까 첫 번째 화살이다. 그때 나의 머릿속에서 갖가지의 부정적인 생각이 시작된다. 창피하고, 다시는 선수로 출전할 수 없을 것 같다는 두려움, 반 친구들의 실망과 원망 같은 것들. 누군가가 나를 보고 웃었을 것이 두려워지고 경기를 잘 해내지 못한 것만 같아 화가 나다가 결국 나는 더 이상 육상에 참여하지 않았다. 달리는 일도 싫어졌다.

직장에서 실수했을 때를 예로 들어본다. 일이 생기고 지적받는 것은 첫 번째 화살이다. 누구나 겪는 것이고 충분히 벌어질 수 있는 일. 그러나 퇴근길 마음이 바닥까지 가라앉는다. 집에 돌아와 이불을 덮고 누워서까지도 곱씹는다. 왜 그런 말씀을 하셨는지, 왜 나는 이런 실수를 했는지, 밉보이는 잘못이라면 대체 어디에서부터 해결할 수 있을시, 또다시 이런 일이 벌어진다면 어떻게 할 수 있을지. 눈물이 주르륵 흐른다.

이렇게 우리는 얼마간 두 번째 화살로 자신을 찌른다. 샤워하면서, 머리를 말리면서, 불 꺼진 방 안에 누워서 생각이 이어질 때 너무 외롭다. 내가 어찌 할 수 없던 일들에 말이다.

넘어졌으면 아파도 되고 실수했으면 잠시 속상해해도 된다. 답장이 늦으면 서운해해도 좋다. 대신 어쩔 수 없는 일에 의미를 찾지 말라는 것. 아픈 것도 서러운 것도 눈물이 나거나 실망하는 것도 괜찮지만 자신을 공격하지 않는 것이 중요한 거다. 사건 하나를 가지고 우리 삶 전체를 평가하지 말자는 말이다. 이것을 이해하는 순간 우리는 선택할 수 있다. 두 번째 화살을 꺼내 계속 나를 찌를 것인지. 아니면 아픔을 중단할 것인지.

'일어날 수 있는 사고야. 이 일 하나로 내가 무너지는 것은 아니야.'

내가 내게 이런 말을 해주다 보면 두 번째 화살은 힘을 잃게 된다. 그때부터 상처는 더 번지지 않고 조용히 아물기 시작한다.

고통을 없애라고 하지 않아서 좋았다. 아프지 말라고, 강해지라고, 아무렇지 않게 넘기라고 하는 말은 도움 되지 않으니까. 이 상황이 속상한 건 맞고, 기분 나쁜 것도 맞고, 서운한 것도 맞다는 말로 나를 인정해 주니 그 말이 더 부드럽게 들렸다.

결국 두 개의 화살은 내 마음가짐 이야기다. 하루를 버티는 방법을 알려주는 것이기도 하다. 삶은 계속 화살을 쏘겠지만 우리는 두 번째 화살만 잘 참으면 되는 것이다. 우리가 오늘 맞은 화살이 무엇이든 여기까지만 아파하자는 약속이다.

지금 내가 아픈 건 어떤 화살 때문일까. 여전히 당장은 모른다. 그러나 서서히 연습해 보아야지. 지금의 상황 때문인지, 아니면 내가 나에게 하고 있는 말 때문인지 구분도 해 봐야지.

그렇게만 해도 이상하게 숨이 조금은 편해지던 날들을 떠올리면서. 사고였다고 생각하면서.
완전히 내려놓지는 못해도 나를 더 세게 찌르는 일은 더 안 해야지.

좋았던 순간

동료들 저만치 앞서가고 거듭 오는 낙담, 반복되는 사랑의 실패, 이번에는 조금 다르나 싶은데 이별. 바빠지는 친구들. 가족에게 퉁명스러웠던 날. 불합격 소식. 길어지는 취준. 쉽지 않은 이직. 새로운 곳에서 느끼지 못하고 있는 소속감, 떠오르는 옛기억, 시작하기 전의 두려움, 잃어버린 물건, 눈앞에서 지하철을 놓친 일.

이런 날이 있으면 좋은 일도 있었지? 생각을 해 보다가도, 이런 날이 없을 순 없었나- 싶어 한없이 서운해진다. 언젠가는 나아질 거라는 기대만으로는 극복할 수 없는 아픔 앞에 서서 무얼할 수 있을까. 좋았던 순간을 꺼내본다.

대기 번호가 나를 끝으로 마감된 것, 좋아하던 친구에게 먼저 연락이 온 거, 지난겨울 입은 코트 주머니에서 꼬깃꼬깃 오만 원 지폐 발견한 것, 떨어뜨려 잃어버린 줄 알았던 귀걸이 한 짝이 목도리를 풀 때 툭 떨어진 것, 기다림 한 번도 없이 두 차례를 환승해 목적지에 닿았던 날, 우연히 떨어지는 벚꽃잎을 잡았던 거, 예보도 없이 내린 한 해의 마지막 눈이 어떻게 마침 삼 년 만에 간 대구였던 것.

산다는 게 매번 만만하지 않은 것을 알기는 한다. 그래도 너무하다 싶을 만큼 아플 때가 있더라. 그러지 않으면 좋을 텐데 말이야. 너는 사랑하는 만큼 잘해보고 싶은 것이겠지. 무탈한 하루의 다행을 통하여 삶이 여전히 네 편이라는 무언의 지지를 받고 싶은 것이겠지.

맹자는 말했대. 하늘이 어떤 사람에게 커다란 시명을 주러 할 때는 시험을 한다고. 시련을 견딘 자만이 큰 일을 받을 자격이 있다는 거야. 그러니 어쩌면 우리는 선택 받은 사람…. 이것은 모두 큰 행복을 위한 감기. 우리가 할 것은 좋은 일도 감사한 일도 나에게는 많았다는 것을 떠올리는 거.

이게 별거 아니게 보여도 대단한 거다? 세상이 너를 위해 굴러간 순간도 분명 있다는 것을 알아야, 그래야 네가 소중한지 아는 거다. 삶이 너를 버려서 그런 게 아님을 알라고.

운이 좋았던 날, 마음이 통했던 날, 잊고 살던 물건을 발견한 날, 믿어 보고 싶은 일이 생긴 날, 타이밍이 기가 막힌 날도 내게 다녀갔음을 잊지 않아야지. 오르기만 하면 되는 완만한 언덕보다는 산만한 고저에 가파른 산이 먼 곳에서 보기에는 더 절경이고 명소인 법이다. 그래야 어디 가서 네가 올라봤다 자랑할 수도 있지 않겠니.

아픔이 손해라고 느껴질 때마다 너를 위해 세상이 돌아가는 듯했던, 다 가진 듯한 시간을 찬찬히 돌아봐 주기를.

4부

잘 살아가기

어 엄마

집이지.

남자 친구랑 잘 지내

싸운 것 같긴 무슨 아무 문제도 없어

그냥

요즘 바빠서 못 만난 거야

엄마 딸 남자 때문에 속상할 일 없다

걱정 마

그나저나

뭐 반찬을 또 이리 보냈어

보내준 감자조림

상하기 전에 빨리 먹어야겠다

응 밥 잘 챙겨 먹지

귀찮은 게 아니라

집에서 해 먹고 싶은데

바빴어

미안

엄마 그런데 나 때문에 힘든 적 많았어?

아니다 그냥 못 들은 걸로 해 줘

맞다 나 벌써 친구도 많이 생겼어

나 하나도 안 외로워

일도 잘 배우고 있고…

잘하는 것 같애. 여기서 버텨봐야지

엄마 그런데

혹시 나 여기 생활 접고

짐 싸서 내려가면 조금 창피하려나?

아니다 아니야 아니야

그냥 혹시나 싶어서

내가 여기서 살다 질릴 수도 있으니까

너무 신경 쓰시 바

내일 일찍 나가야 돼서 이제 자야겠다

어 너무 늦게까지 눈 뜨지 말고

푹 자

다시 연락할게

어 딸.

너 만나는 애랑은 아무 일도 없나
요즘 영 소식이 없대.
전에 만난 걔보다 낫냐?
그 애만큼 자랑을 않길래….
미안 엄마가 오지랖 좀 부렸어

반찬 보냈다
저번에 보낸 거 또 남겨서 상했지?
바빠도 꼭 밥을 해 먹어 몸 상한다

고향 친구 못 봐서 어쩌냐
서현이는 잘 지낸대? 애들이 다 바쁘겠네

너 목소리 들으니까
뭐가 답답하고만

야…. 엄마는
한순간도 너 때문에 힘든 적 없었다

사는 게 힘들었지
네가 짐이었던 적은 없다

힘들면
언제든 짐 싸서 내려와
버티는 것이 능사는 아니라고 하더라
엄마도 심심해 너 오면 좋지

그래 벌써 열한 시네
잘 자고
나는 요즘 통 잠이 안 오더라
티비 좀 보다가 눈 감아야겠다

어
내일 밥 꼭 먹고
알람 잘 맞추고
응
카톡 좀 봐 걱정된다

잘 자라

일기장 1

친구에게 좋은 일이 생겼는데 진심으로 축하해주지 못했다

'그렇게 될 줄 알았어' '축하해' 말하며 웃으면서도

내 속이 너무 시끄러웠다

막연함? 불안함? 조급함? 무엇일까

좋은 일이 생기면 좋겠다

사랑하는 사람들을 질투하지 않을 수 있게

미안해 지금은 잘 안되나 보다 금방 다시 올게

버릇

내 방, 책상 위엔 아홉 칸의 수납장이 있다. 문을 닫으면 안이 전혀 보이지 않기에 깔끔하게 정리하기 어려운 물건을 넣기 좋은 공간이다. 덕분에 그 안엔 잡다한 것들이 많다. 안 쓰는 노트들 각종 포장 봉투, 유행할 때 사놓고 영 작동이 시원찮아 묵히게 되는 고데기, 파스, 벌레 퇴치제, 예뻐서 샀지만 쓸모 없는 주머니 같은 것들. 2년 차의 가을날, 수납장을 한 번도 열어보지 않았다는 것을 깨달았다. 쓰지 않는 물건이 있다는 것을 확실히 알고 하루를 통째로 비워 청소를 시작했다. 익자 도움닫기 후 책상 위에 올라가 아홉 칸을 활짝 열었다. 필요 없는 모든 것을 빼겠다는 마음으로 하나하나 살펴보는데 이게 웬걸 조금만 있으면 다 쓸 것 같은 물건뿐이었다. 그해 연말 내가 겨우 버린 물건은 왼쪽 팔이 부러져 쓰지 못하는 캐릭터 피규어 하나.

아, 있는 줄을 몰라서 못 썼네, 아 맞다 이것도 전에 사놓았었지. 내년에는 아깝지 않게 잘 쓸 것을 다짐한다. 그러나 다음 해에도 나는 수납장에서 무얼 꺼내본 적이 없다.

아홉 칸 안에 든 물건은 이 집에 산 지 사 년이 되어가는 지금까지 그대로다. 쓸 거 한두 개 빼고 모조리 버리자는 마음으로 얼마 전 한 번 더 수납장을 열어봤는데 여전히 어느 것도 버리고 싶지가 않았다. 정신없이 산 탓이라며 가진 모든 것들을 잘 사용해 보겠다고 마지막으로 다짐한다.

나는 이 집의 물건을 잘 쓰지 않는 사람일까? 그것은 절대 아니다. 내게는 꼭 거울 앞에 두어야 직성이 놓이는 딸기 렌즈 케이스가 있고 속마음을 기록하는 빨간색 다이어리가 있고 아침마다 찾아내고 말겠다고 전쟁하는 상아색 스크런치가 있다. 그것들은 하루라도 눈에 안 보이면 내가 직접 찾으러 다닐 정도로 나와 가깝다.

필요할 때 보이지 않으면 온 집을 뒤져서라도 찾는 물건이 분명 있다. 그런데 왜 아홉 칸을 비우지 못하는가? 없으면 있는 줄도 모른 채로 살던 물건에 나는 왜 이리 집착을 할까.

정리가 되어있어도 물건으로 꽉 찬 이 방을 볼 때마다 마음이 답답해진다. 쓸 일은 없고 버리지는 못하겠는 것이 나에게 죄책감을 준다. 그러나 아마 누군가가 내 집에 들어와 그 안의 무엇을 가져간대도 나는 모를 것이다. 시간이 지나 그게 어딨더라? 하며 찾다가도 내가 그때 버렸구나 하고 말 것이다. 어쩌면 삶이 이유 없이 답답하고 무겁게 느껴지는 것도 버리지 못하는 물건 같은 것들 때문이 아닐까. 비워야 새로 담을 수 있는데 자리가 나지 않으니 내 마음에 순환이 되지 않는 것이다.

늦지 않게 제대로 무언가를 비워봐야지. 아쉽지만 아쉬운 대로. 손이 잘 가지 않는 것을 하나씩 정리하며 무언가가 새로 들어올 공간을 만들어야지. 버리지 않는다고 모두가 추억은 아니기에. 단 한 번도 의미 있게 쓰지 못했다는 사실에 미련이 남아서 버리기를 미루고 미루던 지난날의 나와 안녕.

축하해요

생일날까지 별다른 약속이 없었다. 생일이라고 먼저 약속을 잡기도 민망하고 예전만큼 너 생일이니까 만나야지! 할 만큼 서로가 한가할 나이도 아니니 점점 '생일이라서 만나는 일'이 줄어들었다. 그래도 어떤 사람들은 혼자 보내는 날이 한 해도 없이 누군가와 파티를 하고 예쁜 사진을 찍어 올리던데 내가 문제일까? 깊은 친구가 없는 건가. 복잡한 마음이 들기도 했다.

축하 연락도 받고 선물도 받고, 우리 언제 보냐고 묻는 친구들의 질문도 몇 개씩 받았지만 결국 중요한 생일 당일은 나 혼자였다. 혼자인 척하고 싶지 않아 미처 확인하지 못하는 척 연락에 답장도 안 한 적도 있다. 나의 외로운 생일을 고향에 있는 가족이 걱정할까 봐 부모님에게도 바쁜 척 늦게 답장한 적도 있다.

나의 생일날, 다들 각자의 사람들과 함께 나보다 근사한 하루를 보내는 것 같은 느낌이 들 때 쓸쓸했다. 충분히 평화로운 날이었는데도 아쉽게 느껴졌다.

좋은 음악, 맛있는 음식, 좋은 술과 여름밤 산책의 근황을 하나 하나 넘기다가 폰을 엎고 벽에 기대어 가만히 눈을 감는다. 다들 특별한 날을 어떻게 그리 북적이게 잘만 보내는 것일까 슬펐던 적 있다.

괜히 누군가와 함께 보내고 싶은 날이 있다. 함께 공유하고 싶을 만큼 멋지거나 혼자가 아니라는 믿음이 필요해 어깨에 기대고 싶은 날이 그렇다. 그러나 이것은 너무나 자연스러운 것.
그런 날 온전히 혼자 즐기는 것이 즐거워 보이는 사람을 만난 적이 있다. 그녀는 자신을 가장 친한 친구라고 말했다. 그날도 서른 번째 생일이니만큼 일부러 약속을 잡지 않고 혼자만의 하루를 보내기로 했다며 신이 나 있었다.

"다들 바쁜가 이번에는 별다른 약속 제안이 없네요.

오히려 좋아요. 좋은 날이니까 혼자 생각을 비우고 좋은 음식을 저에게 대접해 주고 싶어요. 온전히 저만을 위해서요! 저의 날이니까요! 이런 날도 있어야죠"

나는 왜 혼자일 수 있는 날들을 받아들이지 못했을까? 무언가가 불안하고 헛헛하니 자꾸만 함께해야 내가 초라해지지 않는다고 믿은 듯하다. 어딘가에 속하고 있음을 인지하는 것으로 내 가치를 증명받고 싶었을지도 모른다. 아닌 척하면서도 내 안에 자신감이 없던 날들.

살면서 홀로 보낼 날은 당연히 생길 수 있다. 그러나 그것이 내가 누구에게도 떠오르지 않는 사람이라는 말과는 다르다. 다 그런 마음으로 하루를 보내고 있는 거다. 바쁠까? 그러겠지. 연락해 볼까. 성격이 바뀌어서 혼자 보내는 시간이 많은 것 같은데. 마음으로 응원해야겠다. 하며 조용히 기념하는 어떤 날은 우리 누구에게나 있다.

- 생일이었구나. 말해주지. 나 그날 아무것도 안 했어!

아마도 대부분의 사람은 당신에게 이렇게 말할 것이다.

생각한 것보다 별일 아닐 때가 많더라고요

당신의 모든 날을 축하합니다

생일날 건네는 인사 중 하나가 있습니다

<지난날의 생일까지 축하합니다>

이와 비슷하게,

꼭 생일이 아니더라도 저와 함께하지 않을

어느 날의 좋은 일도 미리 축하하는 편이에요

앞으로 올 좋은 인연을 축하해요

좋은 기회와 결과 미리 축하합니다

지난 시간 행복했던 모든 순간을 축하합니다

이렇게요.

전작이었던<좋은 일이 오려고 그러나 보다>에도

생일에 대한 글이 나오죠

여전히 저에게는 생일이 특별한 것 같습니다

우리가 만날 수 있게 된 날이니까요

꼭 화려해야만 특별한 것이 아니고요

그냥 상냥하고 진심으로 꽉 채워진 축하는

매 차례 한 번씩 받으셨으면 하는 마음이에요

이번 책에서는 생일에 더해 모든 날을 축하해 봅니다.

여러분의 모든 지난 노력을 저는 알고 있습니다
앞으로의 날들도 함께 할게요
이름 있는 날부터 아주 보통의 하루까지

제가 빈말을 할 바엔
입을 닫거나 솔직하게 말해버리는 사람이거든요

당신의 꿈, 도전, 시도, 실패, 포기, 용서, 후회, 용기, 성취, 낙담,
반성, 기념일, 사랑, 성공, 행운을 거짓 없이 응원합니다.

영원히 행복하세요

완벽할 필요 있나

이사 오는 날 꼭 가 봐야겠다고 생각한 밥집을 지나칩니다. 4년이 되어가는데 아직도 가보지 못했습니다. 시간이 왜 이리 빠를까요. 아직 제게는 이 동네에서 못한 다른 일도 산더미입니다. 올해가 지나기 전에 가 봐야겠다고 다짐합니다. 제육 백반을 먹을까 고등어구이를 먹어볼까 하는 고민과 함께요.

문래동에는 계절마다 요리가 바뀌는 가정식집이 있습니다. 다시 말할게요. 있었습니다. 처음 두 번 갔는데 말도 안 되게 좋아서 '우리 여기 달이 바뀔 때마다 오자! 와서 모든 메뉴를 맛보자!'하고 사랑하는 사람과 약속했습니다. 그러나 사랑을 하는 나에게는 함께 경험하고픈 다른 가게도 많았습니다.
몇 달 지나서 오랜만에 거길 한번 가볼까 하지만 가게가 영업을 종료했다는 사실을 알게 됩니다. '아쉽다. 너무 좋아했는데.' 라고 말하다가 급히 입을 막아봅니다. 나는 그에게 다른 안 먹어본 음식을 먹이겠다는 이유로 그곳에 다시 찾아가는 걸 몇 번이고 미뤘기 때문입니다.

'가을에 서순라길에서 커피 마시자. 바깥 자리에서 말야.' 라는 약속을 오래된 친구와 매년 주고받습니다. 만날 때마다 오늘 드디어? 드디어? 하다가 '아니 며칠 더 있으면 단풍이 절정일 것 같아. 그때 가야 아쉽지 않을 거야. 나는 네가 꼭 그 풍경을 보면 좋겠거든.' 하며 또 미뤄봅니다. 그런데 정말 단풍이 예쁘던 날에는 갑자기 터진 업무 탓에 시간을 못 냈고 일이 끝나니 가을 마지막 비가 내렸습니다. 그게 그치니 금세 추워졌습니다. 결국 나뭇잎이 싹 날아가 버린 겨울의 평범한 어느 날 매장 안에서 그 친구와 커피만 한잔 했습니다.

하고 싶은 일을 디 히기에 시간이 부족합니다. 우리는 하나만 하면서 살아갈 수 없기 때문입니다. 일 때문에, 다른 약속 때문에, 나만의 시간 때문에, 건강 때문에 더 좋은 날을 기다리느라 어느 것도 하지 못하는 날들이 늘어납니다. 뭐든지 최적의 조건에서 하겠다는 이유로 아쉽게 때를 놓쳐버리는 추억이 많아집니다. 이것은 나의 아쉬운 버릇입니다.

그래서 제 생각엔 한 가지 일을 자주 하는 사람의 고집은 참 귀합니다. 다른 길로 새는 일이 적어야만 가능하기 때문입니다. 나는 그것이 내게 잘 없는 몰입력이라고도 생각합니다. '나 여기에 많이 빠진 것 같아.' 라고 말하면서도 다른 곳으로 자꾸만 눈을 굴리고 새로운 소리를 따라가던 나에게는 그것이 진득한 어른의 모습 같게 느껴집니다. 오늘도 내일도 모레도 점심엔 김밥을 먹고 밤엔 탕짜면을 먹는 사람이 저는 그래서 좋았나 봅니다.

더 좋을 때 하자고 기다려 보는 나에게는 오늘도 하고 다음 그런 날에 또 하면 되는 것이라고 말해주는 사람이 꼭 필요합니다. 때로는 꼭 완벽하지 않아도 되는 것이라고 가르쳐 줄 때마다 내 마음이 어찌나 놓이던지 모르시지요? 그때 꼭 최고의 경험을 주기 위한 나의 긴장이 풀리고 혼자서는 엄두 못 내던 삶이 열리는 기분이 들었습니다. 이제 다시는 볼 수 없지만 내게 그런 존재였던 사람들이 해줬던 말도 나열해 봅니다.

고민하지 않고 하고 싶을 때 우리 바로 만나. 내가 가면 돼. 주말에 먼저 자전거 타자. 꼭 낮이 아니어도 되잖아. 밥 먹고 십분이라도 타고 꽃이 핀 낮에 또 가서 타자. 주꾸미알이 아직 덜 찼다고는 하네. 그래도 일단 먹어보자. 지금도 먹고 한 달 후에 또 와서 먹어보자. 눈이 펑펑 오지 않아도 의미 있지 않니. 우리가 함께 보는 거잖아. 다음 눈이 많이 올 때 또 달려올게.

매사 최고의 조건이 아니어도 된다는 것을 학습하니 더 많은 것이 마음에 담깁니다. 강박을 갖고 숙제하듯 누군가를 데리고 다녔던 시간보다 자세한 풍경도 보입니다. 내가 볼 줄 알게 되니 그에게도 그것을 보여줄 수 있어졌습니다. 못해서 아쉬운 것보단 덜 피어난 꽃을 보며 만개할 어느 날을 기다리는 더 큰 설렘을 배운 겁니다.

다른 사람과의 만남은 이렇게 늘 새로운 사실을 가르쳐 줍니다.

부상

친구에게 농구공 던지는 법을 배우던 때의 일이다. 뒤꿈치에 갑자기 전기가 통한 듯 찌릿한 느낌이 들었지만, 걔가 걱정할까 봐 잠깐만 아픈 척했다. 집에 가서 엄마에게 말하니 병원에 가자고 했다. 진단 결과 인대가 손상됐단다. 그리 대단한 일을 하느라 다친 것도 아닌 게 억울했다.

그러면서도 그때 나는 보통의 여자애들처럼 지냈을 뿐이니 물리적 상처나 신체적 통증으로 병원을 가본 일이 없었기에 태연했다. 그리 긴 시간을 신경 쓰이게 할 줄 모르고.

발목의 인대는 쉽게 돌아오지 않았다. 스물다섯 때까지는 발뒤꿈치가 닿는 신발을 거의 신을 수가 없었고 조금이라도 무리한 날에는 뒤가 쑤셔 눈물이 나기도 했다. 끝나지 않을 것 같이 굴다가 끝이 나는 바람에 정확히 어느 계절부터 괜찮아졌는지는 모른다. 확실히 지금은 쿵쿵 뛰어도, 어딘가에 잠시 부딪혀도 인상 쓸 일은 없다.

재작년 가을, 손을 다쳤다.

무언가를 들어 올리고, 포장을 뜯고, 뚜껑을 따는 과정을 반복하다가 어느 순간 손안의 무언가가 툭 끊기는 느낌이 나며 물건을 놓쳤다. 아팠지만 일단 일은 해야 하니 빠르게 수습하고 손을 털어 냈다. 사람들과 함께하는 시간에 집중하면서도 마음은 불안했다.

손은 나에게 중요한 신체 부위이니만큼 큰돈을 들여 열심히 치료받았다.

9개월 정도 치료받으면서도 여전히 힘을 주는 일이 어려우니 두려웠다. 의사 신생님 앞에서 '인젠가는 낫겠죠?'라는 밀이 여 끝까지 차올라도 꺼내지 못했다. 들어오기 전에 대기실을 둘러보면 내가 가장 어렸으니까. 나의 불안함이 '고작' 싶은 엄살이 될까 봐 주눅이 들어 못 했다. 뭐 하나 질문하지도 못한 채 귀가하는 날이 태반이었다. 불안한 마음에 도움도 안 되는 댓글로 위로받겠다고 인터넷을 뒤져가며 글을 올리던 것이 기억난다. 모든 일정이 끝나고 혼자 남는 시간에 연필을 들어봤다. 힘을 줬다가 더 악화할까 봐 도저히 어떻게 해야 할지를 몰라서 머리를 쥐어뜯었다. 아무도 듣지 못하는데 혼자 너무너무 아프고 힘들다고 소리를 지르기도 했다. 끅끅대다가 펜을 던지기도 하고 이를 아득바득 갈았다. 나을 거야, 나을 거야. 자신을 달래며 잘 치료하다 가도 차도가 보이지 않으면 분노는 올라왔고 이게 마음대로 컨트롤이 안 됐다. 해야 할 일을 빠르게 하지 못하고 잘하지 못하는 그 시간이 힘들었다. 너무너무 힘들었다.

나의 이런 불안을 지켜보던 한 지인은 이렇게 말했다.

"우리 병원에 우울증 상담 오시는 분의 과반수가 주부예요. 대단한 것도 아닌 게 안타까워요. 설거지를 못 해서 우울하시대요. 애들 방 치워줘야 하는데 그게 안 되어서 힘드시고. 부업 삼아 공장에서 아르바이트하는데 허리를 다쳐서 출근을 못 한대요. 지난주에는 다리가 다친 어머니가 오셨는데요, 애들 학원 못 데리러 간다고. 애들한테 껴서 나들이 가고 싶은데 따라가질 못하니까 슬프시다고….

잘하던 것, 행복해하던 것을 못 하게 될 때 사람이 느끼는 고통이…. 그 꽤 커요."

맞지. 맞지. 내가 잘 있던 자리.

해오던 것을 못 하게 될 때 인간은 무력해진다.

아무렇지 않은 일상처럼 보여도 그런 것들이 지지대 역할을 해 줬을 것이다. 매일 하는 일이 있다는 것, 시간을 채울 취미가 있다는 것과 그런 것들을 할 몸과 마음의 여유가 있다는 것은 생각보다 기적 같은 일이다. 당연하게 할 땐 몰랐지만 더 이상 할 수 없게 될 때가 되어서야 우리는 깨닫는다. 무탈한 하루에 감사함을 건강한 신체에 감사함을 말이다.

생각해 보면 내 가지가 떨어질 내, 실 자리가 사라저 긴다고 느낄 때, 좋아하던 것들이 예전 같지 않을 때마다 미친 듯이 불안했다. 이제 내가 아닌 다른 여자를 만나도 너는 잘살 것 같다는 예감에 너무 슬펐던 날. 그리고 정말 새로운 사람이 내 자리를 채웠을 때 솟아오르던 뜨거운 마음의 김. 나를 가장 좋아한다고 했던 그녀의 인스타그램에 이제는 내 책 대신 다른 책이 있을 때 느꼈던 이상한 슬픔과 질투심. 먼저 시작한 서울살이로 엄마가 언니랑만 데이트하던 그게 그렇게 섭섭하고, 질투가 나던 어린 날들, 손을 써야 일을 할 수 있는데 낫지 않아서 기약 없이 쉬어야만 했던 답답한 새벽들. 좋은 글을 써 주고 싶은데 덜덜 떨리는 손 탓에 엉망인 글씨로 행사를 진행하던 속상한 가을의 낮들.

누군가에겐 이상해 보여도 그 자리 그 역할은 나를 들뜨게 했으니, 자리가 줄어갈 때마다 서운했고 잃을 때마다 아팠고 짐을 챙겨 떠날 때마다 다시 일어나기 힘들었다.

효능감.

내가 쓸모 있는 사람이라 느끼는 것이 주는 기쁨.

근거가 절실했다. 머지않아 통증이 그치고 일상으로 돌아갈 수 있을 거라는 근거가. 은은한 조명 아래서 흘겨 쓰는 나의 손동작을 보면 마음의 바닥으로부터 여러 장면이 선연하게 떠올랐다. 예쁜 글씨로 쓴 편지에 누군가가 감동을 받던 일, 수백 명의 사람과 눈을 맞추며 개개인을 위한 글과 사인을 건네던 일, 작고 기다란 손으로 사랑하는 사람을 위해 요리하던 일, 힘이 부족한 할머니의 음료수 뚜껑을 따주던 일. 그런 것들을 생각하다 또다시 펜을 놓쳤다. 잠시 내려앉다가 툭- 떨어지는 연필을 보다가 다시 주워 글씨를 썼다.

행사가 끝나고, 가을이 지나고…. 언제부터 나았더라.

글을 쓰는 지금은 손이 아프지 않다.

사는 게 뭐긴. 이런 거지.

통증 치료 같은 거. 안 아프면 괜찮고, 아프면 싫은 거. 고치거나 놔두거나, 그래서 낫거나 심해지거나. 그런 게 오가는 것. 이별 후에도, 책의 순위가 떨어질 때도, 나만의 팬이 다른 누군가의 팬이 되는 것을 보며 감정을 배웠던 것처럼 말이다. 적응이 안 되고 막막하고 속상하다가도 받아들이게 되는 것. 지금 내가 할 수 있는 일을 하는 것. 그러니 좋은 일이 생겼다고 운 좋다 들뜰 일도, 안 좋은 일에 인생 망가졌다고 한탄할 일도 아닌 거지.

지나 보니 보약 같은 시간이다. 겪는 동안은 속이 쓰려도 세상만사 공짜는 없다는 것은 만고의 진리라서 쓰라림쯤은 약값이라 생각하면 아주 이해되지 않는 일도 아니었다. 때론 헐값이었던 것 같기도 하고. '어쩔 수 없는 일이다.' 하고 만다. 이왕 달라진다면 불편 속에서도 재미를 발견하는 사람이 되면 좋겠지만,

그러려면 아직 멀었으니 일단 싫어하던 것들을 담담히 대하는 일부터 해 본다. 나의 손을 어르고 달래며 때론 호통치던 1년 동안 열심히 다듬어 얻은 결과이다.

삶은 예상할 수 없는 일로 잔뜩이다. 심지어 간혹 어떤 결과가 올지 대충 알면서도 어리석은 선택을 하느라 다치는 일도 많았다. 하지만 예측할 수 없는 일로 가득하기에, 어리석은 선택이 계속 이어지지 않을 수 있다는 사실 역시 믿게 된다.

아프면서 배워간다. 그래도 안 아프면 좋겠지 뭐.

올해 초, 그러니까 26년도 1월 13일에 방배역 근처에서

엉덩방아를 찧었어요

너무 아픈데 부끄러움이 많은 편이라

누가 도와주려고 오면 시선이 집중될 게 두려웠어요

넘어지자 마자 연기를 시작했죠

원래 이 자리에 앉아서 핸드폰을 하려는 척이요

제 몸은 붕 떴었고 그곳은 인도의 중앙이었기 때문에

아마 저를 본 사람들은 다 비웃었을 거예요

굴하지 않고 누군가와 여유롭게 통화하는 척했어요

시간이 좀 지나고 웃으며 일어나는데

몸이 다시 저를 주저앉힙니다

결국 너무 아파서 엉금엉금 겨우 병원에 가보니 골절이래요

왜 이렇게 몸을 신중히 다루지 않는지 여전히 모르겠어요

2~3주면 나을 거라고 하셨는데 3월이 지난 지금도

엉덩이가 너무 아파 기어가야 할 때가 있습니다

혼자 있을 땐 눈물도 나요

몸이 좀 나으면 다른 것에서 방심하는 버릇이

참 꾸준히 반복됩니다

안 아프면 좋겠다는 마음으로 글을 써놓고

얼마 안 되어 또 어딘가를 다치는 것이 인생이지만

그래도

이 또한 지나가리라 믿으며….

아픈 곳 없을 때 몸조심하세요

슬픔의 돌멩이

어쩌면 이번 연애도 실패일지 모른다는 생각에 온 삶이 먹색인 듯한 마음으로 출근을 했다. 올라오는 눈물과 화를 점심밥과 함께 삼켜내며 꾸역꾸역 일을 했다. 남들은 나의 속도 모르는 채로 오늘도 여전히 상냥하다. 평소와 같이 장난을 걸고 크게 웃는 사람들을 보며 행복해 보여서 부럽다는 생각을 한다.

시간이 한참 지나 그날은 내 아픔이 가장 산뜻했음을 알게 됐다. 한 사람은 오랜 투병 끝에 아버지를 하늘에 보내드린지 반년이 채 안 되었었고 한 사람은 결혼을 전제로 만나던 남자 친구가 과로로 별이 된 지 2주째였단다. 다른 한 사람은 연인의 바람을 알고도 용서하느라 정신이 반쯤 나가 있었고 또 한 사람은 25년 전 엄마 아빠와 놀이공원에서 솜사탕을 먹은 날이 그들과의 마지막 날이라 이제는 슬퍼도 슬픈지 모른다고 했다.

사람들은 어떤 힘으로 살아갈까. 어찌 그렇게 필사적으로 아픔을 누르며 살아갈 수 있을까. 나에게 분명 밝게 웃어줬는데. 가장 별거 아닌 일을 겪고 있는 줄도 모르는 채로 무너진 세상을 이고지며 살아내던 사람들을 부러워했다.

사람들은 힘이 들어도 웃는다. 해야 할 일이 있기 때문이다. 기괴한 슬픔이 있다. 티를 안 내려고 일부러 웃었는데 눈물이 나는 것도 본 적 있다. 그때 함께 있던 모두가 숨을 죽였는데 그게 이불 같게 느껴지던 밤이 있다. 우리는 그때 한 이불 안에서 웃음으로 울었다. 다 아픈 기억이 있다.

그때 나의 시련은 콩알이 된다. 무엇이든 충분히 벌어질 수 있는 일이구나. 인간이라면 언제라도 겪을 수 있는 일이구나. 이겨내는 일이란 커다란 바위 하나 기를 쓰며 굴리고 굴려 콩알만 한 돌멩이로 남기는 것. 그 몇 알을 품에 쥐고 살아가는 것. 그만한 슬픔은 서랍에 넣을 수 있다. 그럴 수 있어서 다행이다.

어떤 애랑 막 다투고 있는데 해가 붉게 지기 시작했다. 그 순간 더 중요한 것은 없어졌다. 보여 주고 싶은 풍경이 생겼기 때문이다. 나는 네가 좋아서 속상한 것이고 너도 나를 사랑하니 답답한 것이니 말이다. '저기 봐. 해 지는 거 봐봐.' 너는 바로 나를 안아준다. 핸드폰을 들어 나를 담고 우리를 담는다. 하늘을 봤다고 그냥 넘기지도 않는다. 우리는 저무는 노을을 보며 서로 사랑한다고 했다. 어째서 서운했겠다. 어째서 미안했겠다. 화해가 된다.

나는 언제나 헤어질 거면 헤어졌지 다시 만날 것이라면 하루라도 빨리 사이를 풀기 위해 노력했다. 그것은 내가 답답해서이기보단 사랑하는 너에게 1분이라도 좋은 감정을 남겨주고 싶은 마음이었다. 네 마음이 상해있는 시간을 견디기가 버겁다.
내게도 그런 인연이 대부분이었다. 답답해하다가도 함께 하기로 한 것을 잘 해내는 것. 어기지 않는 것. 내 시간이 소중함을 아는 것. 감사한 기억이었다.

'그래 내가 다 미안해.' 라고 말하던 어떤 애의 대답에 할 말이 사라졌다. 나는 너랑 잘 만날 수 없음을 알게 됐다. 사과는 지는 일이며 상대를 이해하는 것은 굴복하는 일이라고 여기는 너를 이해하고 싶지 않았다. 어떤 사랑을 해왔던 것인지 묻고 싶었다.

사과한다고 해서 지는 것이 아니다. 각자의 입장을 설명하고 들어주고. 그러면 서로가 서로를 알아봐 주는 것이 화해다. 내가 너를, 네가 나를 과하다 싶을 만큼 인정해 주고 이해해 주고 격정해 주면 우리에겐 더 싸울 이유도 사라진다. 사람들은 내 입장을 이해하지 못해서 싸우는 거다.

먼저 사과하고 안아줄 수 있는 사람이 가장 강하지 않나. 그 노력은 약속이고 믿음이다. 어차피 우리가 함께일 것을 알기에 네 얼굴을 보면 그냥 빨리 마음을 풀어주고 싶은 것이 한 사람을 걱정하는 마음이다. 나는 우리의 시간이 그냥 흘러가는 것보다 의미 없는 것은 세상에 더 없다고 여긴다. 그럴 땐 그냥 안아버렸다.

너를 알아주니 너는 더 이상 울지 않았다. 너도 나를 알아주니
나도 울 이유 없었다. 그것으로 충분했던 밤이 있다.

241

보고 싶어

지겹도록 이 말을 했지 나는.

보통 그 말은 상대를 사랑할 때만 가능하다. 마음이 뭉개지고
가슴이 쿵쿵대도 옆에 있고 싶을 때 건네는, 어쩌면 내가 먼저
하는 사과다. 사랑을 확인받고 싶은 이들에게만 통용되는 문장
이다.

용서하고 싶어서 사과하라고 했다.
그렇다면 내가 너를 더 사랑한 거다.

처음 온 연락. 집 앞 꽃밭 정원. 함께 불었던 열네 번의 촛불. 낯
선 나라로의 여행. 나를 위로하던 목소리. 나란히 누워 머리칼
을 넘겨주던 거. 묵묵히 내 겉옷을 입혀주던 거. 네가 묶어주는
신발 끈. 바쁜 취준 기간에도 꼬박꼬박 날 만나러 온 먼 걸음.

처음 입사한 서울의 높은 건물. 같이 흘린 눈물. 삶이 달라진 만큼 삐걱거리던 거. 시간이 달라진 것이 꼭 마음이 멀어지는 것만 같던 날들. 네가 더 나빴다고 소리를 치며 싸우던 거. 뒤돌아 집에 가던 거. 그래도 그리 멀리 가진 못했던 거. 늘 서로를 붙잡을 수 있을 만큼만 갔던 거.

해봤자 소용도 없을 추억을 나열해 본다. 이거 하나하나 꺼내면, 그 소리가 너무 커서 네 귀에까지 들리면 조금은 돌아설까. 조금은 내가 신경 쓰일까. 그녀를 옆에 두고도 가끔은 내가 보고 싶어지지 않을까. 네가 사랑하는 게 둘이라 해도 이제 나는 괜찮은데.
나는 사실 이렇게 못됐지. 사람들 앞에서는 다 가짜야.

오늘 하루는 어땠어? 물어봐 주는 네 낮은 목소리가 없어서 슬프다. 집에 갈 때니 목소리 말곤 아무것도 듣기가 싫어서 요즘은 노래도 재미없다. 잘 자라고 해줘야 비로소 잠에 들었는데. 예쁜 풍경을 봐도 함께 사진 찍을 앞사람이 없어서 슬프다. 너와 함께 다니는 곳이라면 어디든 겁이 나지 않았는데.

하나둘 듣는 주변인의 결혼 소식에 무너진다. 나도 좋은 아내 좋은 엄마가 되고 싶었는데. 아빠 손을 잡고 너에게 넘어가는 날, 그날부터는 다시 한번 모든 걸 걸고 널 위해 살아보고 싶었는데.

그땐 내가 맞다고 생각했다. 사랑은 많이 준 사람이 승자라고 들었으니까. 내가 걜 더 많이 사랑했고 더 많이 용서했으니까 내가 이겼다고 착각했다. 이 사랑이 끝나고 나면 그 앤 많이 후회하고 난 후련할 줄 알았다.

다 거짓말이다. 사랑은 시작 전에도, 타오를 때도, 재가 된 후에도 더 많이 사랑한 쪽이 지고 만다. 사랑한 사람들만 남겨져서 아프다. 대부분 그렇다.

내가 틀렸다는 말이야. 마지막까지 네가 이겼어.

프로필 사진 바꿨더라. 그 여자가 너무 예뻐. 내가 아닌 다른 이를 옆에 두고 웃는 네가 낯설어. 웃는 모습은 내가 더 닮았다는 무례한 오지랖이나 부려봐.

그나저나 목도리도 없이 다니니 요즘은. 겨울엔 더 따뜻하게 입으라니까. 너는 추위를 잘 타는데 그 여자는 센스가 없다며 친구들을 불러내 의미 없는 흉을 본다. 잘못도 없는 니 여자 친구를 미워해. 그러면서 추해진다.

사랑이 무서워. 모르고 지나칠 수도 있던 한 사람 때문에 내가 이렇게나 아프잖아. 너는 다른 사람을 재워주고 있을 텐데 나 혼자 침대에 누워 이런 일기나 쓰고 있다는 거잖아.

잘 자.
근데 너무 잘 자지는 않았으면 좋겠다.

나를 떠나 많이 힘들어했다는 얘길 들었어

직접 보기도 했지 네가 워낙 티를 많이 냈으니까

내가 미울까? 아니면 이제 내게 미안할까?

밉고 싫다고 말하던 예전과는 달리

네가 있어 내가 있다는 얘기만 하고 다닌다

그때 네가 나를 너무 힘들게 한 건 맞는데

네가 해주는 말이나 자주 써준 손 편지는 자꾸 생각난다

누워서 아침까지 떠들며

서로의 머리칼을 넘겨주던 좁은 방은 자꾸 생각이 난다

응원

중학생 때 잠깐 본 친구는 배우가 되겠다며 서울로 갔다. 친구들은 응원도 했지만 질투를 더 했다. 자기들도 어려서 그랬겠지만 그때 나는 그것이 이해가 안 갔다. 밀어주지 않을 거면 넘어뜨리지나 말아야 한다고 생각했다. 연락은 안 했지만 마음으로 늘 응원하며 소식을 보고 있었다.

대학 졸업 공연을 한다고 올렸길래 꽃다발을 사 들고 세 시간을 운전해서 갔다. '야. 축하해. 근데 나 밖에서 일행이 기다려. 먼저 가볼게! 야. 진짜 죽하해.' 오래 묵묵히 응원했던 마음을 잘 마무리하고 싶어서 직접 찾아가고 싶었던 것이다. 고향에서 너를 응원하고 있다는 것을 알려주고 싶었다.

이십 대 초반에 알바를 하다가 알게 된 언니가 빠르게 결혼했다. 그 어린 나이에 아이를 낳는단다. 나는 그때 그 언니랑 그리 친하지도 않았지만 경기도 평택까지 혼자 올라가 코 묻은 돈 모아 산 꽃무늬 아기 옷 세트를 선물했다. 편지 몇 장과 함께. 그것은 또래와 다른 길을 걷게 될 그녀를 위한 나의 응원이었다.

그 후로는 일부러 연락을 안 했다. 어느덧 둘째까지 유치원에 보낼 나이가 된 언니는 내게 장문의 연락을 했다. 그때 참 고마웠는데 매번 연락을 미뤘다고. 보고 싶다고. 시간이 너무 흘러 머쓱해진 나는 기약 없이 미뤄본다. '다음에 꼭 만나요. 잘 지내고 있어요!'

그런 적이 내게 수없이 많다. 카페 알바를 할 때 자주 오던 손님이 연극을 서울에서 한다는데 처음이다 보니 관객이 많지 않을까 봐 친하지도 않은 사이에 조용히 가서 꽃다발을 전했던 거, 그때도 바쁘다고 하고 나온 거. 따로 밥도 먹은 적 없는 선배 두 명이 청첩장을 보냈을 때도 '결혼할 때 되면 다 돌리는 거야', '연락할 곳 없어 너를 찾은 거야.' 라는 말에 흔들리지 않고 취업도 전인데 이십만 원씩을 보낸 거. 그래도 평생에 한 번만 누군가를 진심으로 축하해보겠다는 마음으로. 딱 한 번씩은 큰 선물을 했다. 보답을 바라는 것이 아니었기 때문에 축하 이후엔 꼭꼭 숨어 지냈다.

살면서 은은하게 나를 잡아주었던 것에는 거창한 선물과 특별한 장소도 있었지만, 예상하지 못한 한 사람의 응원일 때도 많았다. 나는 언제나 진심으로 누군가를 치어리딩하고 싶다. 멀더라도 딱 한 번씩은. 그런 일에는 마음의 거리를 재고 싶지 않다. 나를 기억하지 않아도 된다. 그저 살면서 '누군가가 그때 나의 팬이 되어줬지', '그때 그리 친하지도 않았는데 나를 믿어주던 사람이 있었지' 싶은 생각이 그들을 더 잘 지내게 해주기를 바랄 뿐이다. 한때 나를 스친 사람을 더 넓은 세상으로 배웅하는 일.

진심으로 응원하고 축하하러 이곳저곳을 무리해서 달려갔던 지난날의 내가 지금의 나를 도와준다는 느낌도 받는다. 매일 특별한 결과가 생기진 않지만 사잘한 기쁨과 성취만으로 충분히 행복한 삶을 살고 있기 때문이다. 여전히 진심의 힘을 믿는다.

지금은 펼쳐서 보지도 못하는 절판된 첫 책이 나왔을 때 전혀 예상하지 못한 친구 김정현이 구매 후기를 남겨줬어요. 그것이 기뻐서 십 년이 되어가는데도 저는 그 애 생각을 합니다. 교실에서 본 것 이후로는 따로 만난 적도 없는 사이이기도 하고, 그 후로 저 또한 몇 번의 보답을 했기 때문에 부담이 될까 봐 더 연락 못 하지만요. 저는 그 아이 근황을 볼 때 다른 사람의 것을 볼 때보다 몇 배로 응원하며 지내요.

이제는 결혼도 하고 아이도 낳아서 책을 읽을 시간도 없을 아내 정현이, 엄마 정현이는 잘 지내고 있겠지요?

네가 그때 사준 한 권의 책이 나를 많이 키웠어. 너는 비단 책이 아닌 내 마음을 키워준 거야. 나에게는 잊지 못할 선물이 됐어.

먼 곳의 응원이 힘이 된다는 것은 너를 통해 배웠다.
나도 너를 매 순간 응원해.

인연

혼자서 밥도 못 먹던 내가 어느 날 갑자기 부는 바람을 맞고 비행기에 탔다. 전에 한번 시도했다가 한 끼 먹는 게 어려워 밥도 못 먹고 돌아오던 제주도에 다시 도전했다. 그곳에서 새로운 사랑을 시작하게 됐다. 합정동에서 문래동까지 매일 지하철을 타던 퇴근길 그날따라 양화대교를 걷고 싶었는데 마침 그 다리 위에서 15년 전 수업을 같이 들은 친구를 마주쳤다. 그날 갑자기 걷게 되어서 나는 걔를 와락 껴안을 수 있었다.

신기한 경험을 했다. 그냥 한번 뛰어들어본 것들에서 얻는 것이 꽤 생기는 거다. 평소라면 하지 않을 일을 할 때 생각보다 좋은 이야기가 만들어질 수도 있다.

오늘은 가던 길옆으로 새어 돌아가 보기, 매일 같은 퇴근길 괜히 환승 한번 해야 하는 코스로 가서 새로운 퇴근길의 사람들 사이에 끼어 보기, 평소라면 말렸을 메뉴를 선택해 기분을 전환해 보기, 혼자 잘 가지 않은 곳에 한번 들어가 보기.

어느 날 갑자기 하고 싶어지는 일이라면 그 일이 이번에는 내 차례이기 때문일 것이라 믿는다.

혹시 몰라 그날 함께 엘리베이터에 탄 사람과 잠시 나눈 대화로 둘 없는 친구가 될지. 그날 읽은 책에서 이 세상 어딘가의 나를 발견한 느낌일지, 그날 본 영화에서 내 꿈이 생길지, 그날 사본 평소와는 다른 스타일의 옷을 입은 이후로 일이 잘 풀려갈지. 그날 넘어졌기 때문에 한 사람을 만나게 될지. 내 앞에 선 사람이 나와 평생을 함께 갈 사람인지.

일기장 2

한때 전부였던 그 애는 더 좋은 짝을 찾았다는데 혼자 몇 번의 사랑에서 방황했다. 그의 새로운 연인이 아주 나쁜 사람이기를 몰래 바라도 봤다. 내가 운이 없나? 아니 내가 그 정도인 사람이겠지. 생각하며 하루에도 수십 번씩 불안하고 먹먹해서 정말 이상하던 날들. 꽤 오랫동안 한 사람을 만나는 친구들이 신기하다. 나는 더 이상 아닌 사랑 앞에 목매고 싶지 않아서 급히 급히 이별을 맞이하고 있는데. 혹시 내가 틀린 걸까.

그럼에도 불안해하지 말자. 이 시간을 잘 보내야지.

너는 너무 좋은 사람이라 이토록 천천히 오나 보다.

사랑이 다시 유행하기를

각이 진 정장 차림에 빠른 걸음으로 카페에 들어온 남자는 커피 한 잔을 주문했다. 저런 모습의 사람은 목소리도 날카로울까? 생각하는데 전혀 다른 음성이 낮게 울린다.

책 따위는 읽어본 적이 없고 모임을 좋아하던 남자와 연애를 시작한 적 있다. 그간의 것과 다른 선택을 해봄으로써 나를 알 수 있을 것 같아서 한 도전이었다. 그는 친구들에게 나를 자랑하기에 바빴다. 태어나서 이런 사람은 본인 삶의 반경에 없었기 때문에 나를 예쁜 액세서리처럼 취급하며 좋아하던 그 사람.
그와 똑같은 친구들은 처음 내가 글을 쓰는 사람이라는 이야기를 듣고 이렇게 말했다고 한다. '툭- 건들면 우는 거 아니야?', '책 읽는 사람이면 예민하겠네. 그래도 예쁘니까 됐다.' 울지 않는 것이 강한 것일까? 강한 게 아니라 건방진 것이라고 생각했다. 나를 얼마나 안다고…. 나에게 이 말을 전한 그 사람은 뒤이어 자신이 대답을 아주 잘했다고 자랑했다.

'나도 그럴 줄 알았는데 전혀. 건강한 것 같아.'

이것이 나에게 칭찬받을 일이니. 그 사람과 며칠 안 되어 헤어졌다.

멍때리며 집에 가기도 바쁜 퇴근길 지하철에서 책을 읽는 사람들, 그런데 그것이 경제나 자기계발서가 아닌 산문집과 소설일 때 그 사람은 다르게 보인다. 일하는 내내 조금 경직되어 있다고 느꼈는데 집에 돌아와 인스타그램에 들어가 보니 작은 풀과 골목길, 작은 동물 사진이 가득한 동료가 갑자기 아이 같아 보인 적도 있다. 나와의 시간이 불편했을까? 신경 쓰였을 만큼 말이 없던 한 여자가 마지막 시간에 내게 건넨 쪽지도 기억에 남는다.

[제가 말이 많이 없었죠? 낯을 가려서…. 그런데요 저 너무 행복했어요. 다음에 또 올게요. 그때는 말도 많이 해 볼게요.
저 잊지 마세요!]

그녀의 침묵은 좋은 순간을 곱씹는 시간이었나 보다.

우리 앞에 설 때마다 90도 인사를 하던 남자를 보며 어떤 선배는 '조금 과해'라며 내게 귓속말했다. 그러나 나는 매주 90도로 인사하는 남자를 기다렸다. 언제나 상냥한 말씨로 사람들을 맞이해주는 게 멋지고 강한 사람이라 생각했다.

나는 부드럽고 다양한 감정을 가지고 있다 보니 내 주변에도 그런 것들이 많다. 서툴지언정 언젠가는 자신만의 방법으로 마음을 표현하고야 마는 멋진 사람들이다. 그러나 나를 넘어선 세상을 구경하다 보면 위축될 일이 생겼다. 생각이 많고 설명이 많은 나의 장점을 의심하게 되는 날도 늘어갔다.

피곤한 사람, 고상한 사람, 감성적인 사람, 그럴듯해 보이려 애쓰는 사람. 나 같은 사람을 그리 평가하는 모습을 너머로 엿듣다 보니 나는 점점 그러지 않은 척하게 됐다.

"눈물이요? 저 슬플 때 말곤 안 울어요. 글에서는 과장을 좀 하죠. 생각보다 씩씩하고 이성적이에요."

내가 단호할 때 사람들은 늘 의아해했다. '감성적인 편 아니셨어요? 이런 생각을 하실 줄 몰랐네', '어 생각보다 냉정하시네요. 우실 줄 알았는데.' 그런 사람들은 두 개가 공존할 수 있다는 사실을 모르는 듯했다. 나는 정확하게 생각하되 울고 웃음의 기쁨을 아는 사람일 뿐인데.

세상엔 나 같은 사람이 많겠지. 그렇다면 나처럼 말을 하고 글을 쓰는 사람의 생각이 날갯짓이 될 수 있을까.

글을 읽고 글을 만지고 글을 써서 전하는 사람이 점점 귀해진다. 간략해지고 간단해지면서 설명이 길면 피곤한 것이 되고 감정이 풍부한 것은 가짜가 된다. 그러나 무슨 일이 있어도 그 마음을 지키는 능력이 더 강한 것을 모르지.

싸우고 토론하고 원망하는 이 삶을 덮은 자욱한 연기가 걷히고 걷히다 보면 늘 한 자리에서 다정하고 세심하던 사람들이 보일 것이다. 그 사람이 웃어서 세상이 밝아졌기 때문. 결국 세상을 녹이는 것은 보고 읽고 곱씹고 듣고 쓰는 능력이라고 생각한다. 여전히 정이 많고 부드러운 언어로 살아가는 사람들이 좋다.

노부부가 손을 잡고 걷는 사진, 꽃을 고르는 남자의 뒷모습, 아이 두 명이 꼭 껴안으며 화해하는 장면, 추레한 행색의 할아버지에게 밥 한 끼 대접하는 사장님의 사진이 올라오면 사람들은 조용히 좋아요를 누르거나 공유를 한다. 이런 사진에 감동하는 것은 모두가 이런 삶을 꿈꾸기 때문이다. 우리는 현실에서 선뜻하지 못하는 말을 먼저 나선 무언가를 응원하는 것으로 대신한다.

까꿍- 한 마디에도 꺄르르 웃던 아기의 시절이 있지.
그렇다면 사랑은 잃어버리는 것이 아니라 잠시 접어두는 것.

사랑을 쓰고 말하고 부르는 일이 다시 유행하기를.

일기 쓰는 사람, 밑줄을 긋고 인덱스를 붙이며 책 읽는 사람, 좋
았던 글을 손 편지에 인용하는 사람, 한마디의 말도 따뜻하게
하는 사람, 기사님께 안전 운행을 기원하고 하차하는 사람, 마
음에 걸리는 말을 담아뒀다가 사과할 줄 아는 사람, 울 때 울 줄
아는 사람, 약해져도 될 곳에선 그렇게 풀어지는 사람

저는 이런 사람들이 참 좋습니다
길가의 꽃이나 밤길의 가로등 같은 사람들이요
고맙습니다
덕분에 아직 세상이 밝고 환합니다

사랑은 타이밍

어떤 노래를 듣는지 어떤 옷을 입는지를 멀리서 지켜봤다. 모르는 작품을 외우고 새 옷을 샀다. 그것밖엔 할 수 있는 것이 없었다. 마음에 드는 사람이 되고 싶어 노력했지만 그는 나를 봐주지 않았다. 내가 할 수 있는 것은 예쁜 옷을 입는 것뿐이니 그럴 수밖에 없다. 다가가지 못해 아쉽지는 않았다. 나처럼 사랑하는 사람들도 있다.

내가 좋아하는 사람은 늘 나를 좋아하지 않는 것도 슬펐다. 잘 보이려 할수록 내가 아닌 모습이 나와 어색한 것인지 매력이 없어졌다. 친구로 대하는 편한 웃음, 오지 않는 답장, 겨우 이어지다가도 끊기는 연락. 바라던 관계가 쉽게 흘러가지 않을 때마다 큰 이별이었다.

나를 떠올리며 이런 생각을 했을 어떤 이의 얼굴도 떠올려본다. 나 또한 누군가의 마음을 눈치채지 못한 순간이 많을 것이다. 실은 모르는 척도 많이 했다. 우리 사이가 무너지는 것은 싫은데 너를 영영 옆에 두고는 싶었다. 가끔 보상을 주고 기다리는 것을 알면서도 내 할 일 했다. 시간이 오래 지나 나를 좋아하던 너와 연애하지 않은 것을 후회한 적도 있었다.

사랑 때문에 아픈데 사랑할 수 있어서 좋다. 일렁일 수 있음에 감사해진다. 그래도 예쁜 나이에 오르락내리락 마음대로 되지 않는 이 감정을 경험해 볼 수 있음에 다행이다. 지금이 아니면 어려울 일임을 알기 때문이다.

나는 너를 좋아하는데 너는 다른 애를 좋아하고, 나는 너를 잘 몰랐는데 너는 오래 나를 좋아했고, 나를 좋아하는 네가 성가셨는데 이제야 네가 눈에 밟히고, 두 사람을 두고 고민하다가 때를 놓쳐 혼자가 되고, 좋아하는 사람이 다른 사람을 보고 웃어주는 것을 견뎌야 하고, 옆자리가 비었을 때 부담스럽지 않게 다가가고, 열렬히 사랑하다 이별하고, 다시 찾아가고, 좋아하는 마음을 거절당해 보고.

마음은 어디에서 어디로 향하나. 각자의 것은 마침내 어느 곳에 정착할까. 저마다 정해진 인연의 수명에 따라 내 삶이 흘러간다고 믿어야겠다. 닿지 못한 것을 아쉬워 할 필요도 없게.

고 믿어야겠다. 닿지 못한 것을 아쉬워 할 필요도 없게.

짝사랑

너도 나를 좋아했고 나도 너를 좋아했지만

닿지 못한 것이 아쉽다

'타이밍이 안 맞아서 그래' 라는 친구의 위로

글쎄 난 타이밍보단 용기나 노력의 문제 같다

그냥 거기까지의 마음이었던 것이지

그런데 그런데 가끔 보고 싶어

다시 마주 앉아 그땐 미안했다는 얘기 나눌 날이 올까

ⓒ 박여름 2026

초판 발행일　| 2026년 4월 17일

지　은　이　| 박여름
마　케　팅　| 강진석 서예린 김은아 김소연
펴　낸　곳　| 도서출판 히웃
출 판 등 록　| 2020년 4월 28일 제 2020-000109호
전 자 우 편　| heeeutbooks@naver.com

I　S　B　N　| 979-11-92559-94-0